北大荒的早晨

徐永星　著

远方出版社

图书在版编目（CIP）数据

北大荒的早晨 / 徐永星著. -- 呼和浩特 ： 远方出版社，2023.12

ISBN 978-7-5555-1828-0

Ⅰ. ①北… Ⅱ. ①徐… Ⅲ. ①中国文学－当代文学－作品综合集Ⅳ. ①I217.1

中国国家版本馆 CIP 数据核字(2023)第 243321 号

北大荒的早晨
BEIDAHUANG DE ZAOCHEN

著　　者	徐永星
责任编辑	孟繁龙
装帧设计	青年作家网
出版发行	远方出版社
社　　址	呼和浩特市乌兰察布东路 666 号　邮编 010010
电　　话	（0471）2236473 总编室　2236460 发行部
经　　销	新华书店
印　　刷	三河市双升印务有限公司
开　　本	880 毫米×1230 毫米　1/32
字　　数	162 千
印　　张	7.25
版　　次	2023 年 12 月第 1 版
印　　次	2023 年 12 月第 1 次印刷
标准书号	ISBN 978-7-5555-1828-0
定　　价	58.00 元

作者父亲所在华野十纵队八三团，济南战役后与卫生队战友休整时合影，及作者父亲亲笔题字

作者父亲（后第二排右二）时任三野二十八军第九预备役野战医院外科主任与全科的战友在一起

作者父亲（第二排中）与战友们合影

作者父亲时任东北农垦总局门诊部主任（后第三排左一），与全体医生在一起

作者父亲退休后任厂巡视员参加厂职代会（第一排右二）

1958 年，作者与姐姐母亲跟随父亲由福建集体转业到佳木斯（时为汤原北大营留影）

1964年7月，作者（第一排左一）在东北农垦总局幼儿园大班毕业直接升为东总学校一年级

1966 年，作者与姐姐和妹妹（在东北农垦总局子弟校）

作者(最后一排左一)在兵团四师三十八团团直高中高二(1)班毕业(1973年12月)

1975年，作者与在兵团收获机械厂动力车间的好友北京的张国良、兵团四十二团留厂的杨长春留影

1976 年，作者在兵团收获机械厂供销科工作时，去部队看望齐齐哈尔的同学

在垦区依兰收获机械厂机加车间（作者为二排右数第三位）

1985 年，作者与一机部人员参观工厂（右一，作者此时在垦区依兰收获机械厂办公室主任）

1987 年，作者同李泰山带队访东北油泵油嘴厂（作者为前排右第六位，李泰山为前第八位）

1988 年，作者（左二）在依兰收获机械厂一分厂任厂长，与班子成员在清河野游留影

1989 年，作者（第一排左三）在总局党校参加岗位职务一年培训

2015 年，作者（后排右六）成立农垦东联公司与省微生物研究所及各企业人员开会留影

2018 年，作者（后排右三）回到八五〇农场与毕业四十四年的同学留念

2018 年，作者（后排左一）到八五〇农场与同学合影

2019 年，作者（中间排右二）与佳木斯东总毕业的同学留影

2017 年，作者与佳木斯农垦总局子弟校毕业的同学们在一起（右后排第一位），在农垦学校傍留影

2018 年，作者在佳木斯沿江公园留念

目　录

北大荒的早晨

我的父亲徐法谦是山东部队第三野战军第九预备役野战医院二科（外科）主任。1958 年三四月份，部队医院由福建福清集体转业到北大荒。

北大荒的初春虽然还带着丝丝的寒意，但是春寒料峭的季节，正透过寒风向我们徐徐走来。

冬去春来，大地万物复苏，一切充满了新的活力。雄巍的兴安岭，一片繁荣，呈现着锦绣景色……

他们乘着专列整建制驶向了北方，在汤原火车站停靠时，从车上下来的全体军医、护士在汤原北大营整顿、整编。同时，还有许多部队也来到了这里，奔赴各个农场，那时，我们见到最多的就是复转军人，他们是我们最亲的人。

第九野战医院，分别组成宝泉岭第二医院、传染科改为农垦第二医院(精神病院)、合江地区修建铁路指挥部医院、牡丹江农垦医院、北安农垦医院、哈尔滨王岗医院。第九预备役医院院长韩光调农垦总局卫生处任院长，我的父亲调合江地区修建铁路指挥部医院任院长，不久铁路修完单位撤销，我的父亲调佳木斯东北农垦总局门诊部任主任。

父亲 1944 年年底参加八路军昌邑独立营，曾任营卫生员、团卫生员、军医、大尉外科主任，参加过济南、淮海、渡江、上海及福建战役。

我的乳名叫福建，为了纪念在福建出生而起的这个名字。

父亲调合江地区修建铁路指挥部医院后，母亲带着我们姐俩住在北大营里。

清晨，母亲刚把窗户推开，那冰凉而又潮湿的浓雾就涌了进来，雾腾腾地四散着……母亲本来想看看我们在哪里，但眼前一片白茫茫，蒿草、林子、公路都消失在浓雾里，她只好赶紧关上窗户。

那时姐姐才六岁，北大营的外面长着一米多高的蒿草，姐姐没事总跑到草中去玩，每次回来都被蚊子咬得满头大包。

吃饭除了母亲做些外，有时她也会到北大营的食堂里买些吃的给我们。冬天快要到了，妈妈又生了妹妹，因为需要人手，我的姥姥从山东老家过来帮忙……

佳木斯东北农垦总局

蓝湛湛的天空，飘着几朵白云，一群大雁排成人字形，从云边掠过。杏花开放了，夹杂在软绵长垂的绿柳中间；风一吹，柳条一摆，那红色、白色的花瓣，纷纷下落，顺着杏林河的清水流向远方。

1959 年，我们家搬入了佳木斯，居住在农垦总局位于松花江畔的港务局与和平商场附近的住宅。我们住的这个区的居民都叫它转盘道。我们住的房子是白色的，所以都叫它白房子。在房子的北面是港务局俱乐部，东面是东粮库，南面是和平商场和菜市场，西面当时是个大沙坑，那时候的家庭有三四个孩子算少的，一般有五六个。大人如果找不到小孩子，就会到沙坑去找，准在那玩沙子。

住在白房子里的居民，大多是农垦总局的职工，还有一些没有固定工作的。

我们家当时住在白房子的第二排第二个门。

住在第一个门的是姓王的一家，他们是没有工作单位的。他家的大儿子当时都十八九岁了。

住在第五家的是杨大娘家，他们是山东人。杨大娘每天脸上都是笑眯眯的，小儿子杨福臣是我们班的同学。住在这个地方的小孩，都会学杨大娘骂杨福臣的一段山东对话，母子俩是这样说的："娘娘，你干啥去？""我要上街卖粮去。""娘娘，我也跟你去。""你给我回家看孩子去！"这个对话，成了我们小时候的顺口溜。杨大爷是无业人员，找的临时工作，在我们农垦子弟校定点打铃。

那时在我们的周围，大多数是复转官兵，他们的子女都和我们差不多。住在我们第三个门的是我的同学徐明仁家，他的父亲在设计院武装部工作。住在我们家房后东边的是候国光家，他的父母是在供应站工作。除此之外，我们的同学王跃山、黄爱华、魏安阳、于兰兰、杨宏、池建国、史春柏，张晓奎，他们的父亲在农场工作。

秋天的野外，一片金黄，如同一幅绣成的风景画一样，朴素又美丽。

我的童年是幸福的，在1960年我进入了东北农垦总局幼儿园，在生活上孩子们每天吃四顿饭，幼儿园采取全托，只有每个周末才能回家一次。现在的杏林路，当时还是杏林河，孩子们在户外活动，基本都是到杏林河边玩耍、唱歌，在幼儿园大班结束后，直接升入小学。

我进入东北农垦总局子弟学校后，跟着姐姐一块到学校上学。

在农垦子弟学校上学时，每天中午，我和姐姐都在总局门诊部和父亲一块吃饭，在这里我们度过了一段美好的时光。记得那时有许多医院的大夫、阿姨，他们都是来自各个部队的医务工作者，有的来自抗美援朝的战场，有的来自南方的海南岛，他们是真正的英雄和战士，为了北大荒的建设，他们义无反顾地来到了这里。儿科医生李叔叔、牙医于寿礼叔叔、于淑技阿姨、张司药叔叔、周文学叔叔、王秀华阿姨、海南岛的付阿姨等等，他们的音容笑貌直到现在，还时常呈现在我的脑海中。

月光慢慢铺满了窗户，把屋子照得雪亮。院子里那棵杏树枝条清楚地印在窗户上，它们欢乐地跳动着，那沙沙的响声也传到了屋子里。

那时的佳木斯，是东北农垦总局的中心，在这里有许多下放的人员，他们来到这里又匆匆地到了许多农场，而总局门诊部又成为他们诊病、就医的必经之地。父亲身为总局门诊部主任，又要到科里就诊，他出诊看病，病号是最多的，总局机关的领导、各个处室的病号他都看，而且佳木斯附近的老百姓都成为了他的常客。

到了 20 世纪 60 年代，父亲到佳木斯医学院进行交流进修。在交流进修期间，由于急缺人手，父亲基本上包揽了附属二院的外科门诊，在这里上手术成了家常便饭，这位从战火中走来的外科主任，经历了炮火连天的洗礼，自然又成为医学院附院受欢迎的人。院方多次挽留，而深受建设北大荒、扎根北大荒的召唤，他急切地回到了心爱的岗位。

一次中午吃饭，我和姐姐站在医院门诊门口等着父亲，时间过了许久，父亲还没有出来，于是我们抬头往屋里瞅着，只见父亲正在给一位五十来岁的女患者看病，看完又留这位女患者和我们同吃午饭，这位慈祥的女患者鼓励我和姐姐要好好学习。过后我们才知道这是一位从汤原农场过来的女战士，她的名字叫丁玲，是位大作家，著有《太阳照在桑干河上》。父亲对我们说："北大荒人才济济，这么大的作家都来建设北大荒，我们一定要尊重她们。"

总局门诊部不但为农垦服务，而且为地方，如地质三队、电机厂及周边的市民服务。一次，父亲在工作中收留了佳市一位小患者。这是一位小哥哥，他家在转盘道附近，离23粮店不远。这位小哥哥是被抬进医院的，他的腿由于严重腐烂而不能行走，我父亲看着这位患者对大家说："这孩子有可能就是我们的飞行员，也可能是我们的航天员，所以我们必须将这个孩子治好。"我父亲在手术台上亲自主刀为这个孩子剔除了腐肉，重新包扎伤口，经过一段时间的治疗，他重新站了起来。

父亲是十万转业官兵的一分子，他和这些转业官兵一起，不但开垦建设北大荒，而且努力地去为广大市民服务。

就这样，我在小学四年级前，和姐姐与爸爸相处的时间比较多，这段时间留给我的记忆是美好的、值得回忆的。

农垦部实验农场（兵团四师三十八团）

我的儿童时代是在佳木斯度过的。我们的住宅原先是农场的鸡楼，为什么叫鸡楼？因为建场时苏联专家帮助设计，最初是用来养鸡的楼房，后改为职工住宅的平房。

当时，我们住的鸡楼都是用木板条钉的，里面夹着锯末，然后再用泥抹上，有时在墙上的泥块掉了下来，总是夹着一堆堆的锯末，地面是土和砂石混合成的，当时我们就住在这十几平方米的房子里。天不刮风的时候，锅灶没吸引力，不好烧，一做饭满屋是烟，呛得全家直往外跑……“这比十万转业官兵，刚到农场时住的马架子、窝棚强多了。”这是父亲对我们说的最多的一句话。

我们住房的西头，当时是还没有开垦的荒草甸子，缺少烧柴可以在草甸子里割。房子的前面是新打的一口压井，我和姐姐、妹妹学着去打水，有的时候是两人担，有的时候是自已去挑，水是打两个小半桶，双手紧紧地握住扁担，把水挑回来，然后再倒入水缸。我父亲常说：“男子汉么，就应该这样。”

清早，路边的白杨树上飞来了一群喜鹊，冲着我们的窗户喳喳地叫着。

我们到了农场后，父亲为了展示农场的成就，带领我们去三连，观看苏联安 2 飞机喷施农药的作业，我们被震撼了，飞机从起飞、喷施作业到结束一气喷完多么振奋人心，看完我们决心一定要好好学习，为农场的发展建设服务。

过两天，我们住的这栋房陆续有人家搬进来，有 290 农场来的农场副厂长，他的儿子付作胜是我的同学，还有从佳木斯搬来的我的同学黄爱华家、周文学叔叔家等等。他们都是转业官兵来开发建设北大荒的。

刚到班级时，记得班级里堆放了许多玉米，班级里的学生都坐在玉米旁扒玉米粒。我是从佳木斯来的，从来没有见过扒玉米，所以非常兴奋。

这是完达山下激流冲积的一个大草原。平坦而肥沃的土地上，曾经生长的草高过头顶，经过十万转业官兵的开发建设，逐步有了现在小镇的样子。

一场皑皑的大雪把小镇覆盖，形成一望无际纯白无暇的大雪原。

在这里我们迎来了第一场雪，天很冷，冷得出奇；雪很大，大得我好像都没见过。我深一脚、浅一脚地上学去，有时雪齐腰深。在农场上学的时候，我们都要裹着绑腿，扎绑腿这是非常新鲜的事，过去我们从来没有扎绑腿，只是在书中见过抗联的人员扎绑腿，现在我们自己要扎了，感觉非常新鲜，而且不扎是不行的。

家里烧火、做饭、取暖，都要我们去割草，然后背回来。

我们这个地方叫红星村，密虎公路穿场而过，我们去割草，一路上人烟稀少，往往很少能见到人，更没有村庄。

现在的学校，当时是个草甸子，我们到那割草，还有劳改坟、河沿、辉崔的道边，都是我们割草的地方。

那个时候狼很多，经常在割草的时候遇到狼。一次，我和姐姐、妹妹，付作胜及他的姐姐，还有黄爱华，去草甸子割草。突然，从草甸子里蹿出一只“大狗”，这只“大狗”一直在不远的地方鬼鬼祟祟地盯着我们。我感觉这只“大狗”，有点像我们班同学李红家喂养的，于是，我举起了镰刀迎着它奔跑过去，边跑边大声叫喊着，这“狗”最后被我吓跑了。当我们高兴地背着草回家路过李红家门口时，却发现她家的狗一直关在家里，这才恍然大悟，原来我们碰到的那不是狗，而是一只狼。

还有一次，在雨后，我和赵进才去玉米地拔野菜喂养自家的鹅。雨后的玉米地比较安静，玉米已经长到一人多高了，绿油油的很是好看，野菜也比较多。我们拔着、拔着，突然传来阵阵好像是娃娃的哭声，这哭声一阵比一阵大，距离我们越来越近。是狼，我们撒腿就跑，赵进才的鞋也跑掉了。当我们跑到兽医站的路边，迎面过来一辆马车的时候，这才停下来回头观望，只见那只狼在距我们只有百米的地方驻足盯着我们。

浓重的雾霭，压着水波无声地横溢着；河水在雾霭的下面呜呜流淌着。水和雾浑然一体。

我总喜欢跟同学杨成文、吴洪胜去钓鱼。洪水泡、青年泡、铁桥、穆林河都是我们钓鱼的地方，鱼也比较多，基本上每次都够钓一小筐，足足两三斤鱼。那时河水、泡子较多，我们常会坐在河边钓鱼、到河里洗澡，把湿漉漉的衣服套在身上，坐到河卵石上，呆呆地看着雾在眼前、在河面上流动，感觉到无比惬意。

我们小时候是很调皮的。一次上课的时候，老师突然提问肖连平，只见他一边挠头，一边东张西望，脸憋得通红，就是回答不上来。这时同桌的张秀英悄悄地把肖连平坐的凳子移开，当老师叫肖连平坐下时，他一屁股坐到了地下，惹得大家一阵大笑。

五年级时，我们每天早上都要义务劳动，挖地种菜。我和何金香是同一个班的组长，每天早上四点钟就要到校。那时组长要带头，每天早上我都是早早地到校劳动，刁校长看见我就逗我，喊我光杆司令。

有一天，我们到礼堂上卫生大课，由医院院长前来主讲。进到教室，我发现父亲竟然在里面，他正在黑板上书写着“动员起来，减少疾病，提高健康水平”。这是父亲在为我们学校普及健康知识，而专门进行的课堂讲座。

五年级时，我们班到三队驻地锄地，带队的是樊老师。我们班四十多名学生，各自带着自己的行李，坐着拖拉机来到三队。小学五年级时还是不大的孩子，就需要自己带着行李下到连队锄地，那个时候带的行李都是很简单的，衣服也不多，基本上每人就是一套或两套。早上和生产队的人一样出工，晚上一样回来。遇到加班的时候，就是早上两点半，地里两顿饭，到晚上看不见时才收工回来，一个个累得睡觉直尿床。我和赵启增挨着，晚上睡觉他挤到了我的被窝里，还尿了床，因为这事我们俩差点打起来。

记得有一次，一阵凉风吹过，要下雨了，我们左右观望，抬头看天，只见大雨哗哗地下了起来。

天下起了大雨，垄太长，我们深一脚、浅一脚，蹚着泥水往回跑，跑到宿舍全身都湿透了。我带来两件衣服，身上穿着一件，另一件在盆里还没有洗，就赶快把盆里的脏衣服拿出来换上。有的淋湿了的同学只有一套衣服，就只能光屁股坐在床上了。

大雨停后，太阳西斜了，慢慢地坠下去。月亮升起，田野里荡起轻烟。先是黄昏掩去人们的倦容，接着，最后一缕光线消失。

太阳一落，凉气就上来了，一天的燥热慢慢地消散了。风停了，树梢直直地立着。有几只萤火虫悠悠地正在飞。远远近近，有些移动的光柱，那是拖拉机的车灯。

晚上睡觉的情况更糟，黑蚊子咬得人睡不着觉。

通常雨后的麦田里都是水，大人们穿着农田鞋、水鞋，在水里深一脚、浅一脚地割麦子，有的地方水很深，小麦只冒出个头，我们因岁数小、个子矮，只能在水中收麦子。每天晚上我们的鞋、衣服都是湿的，夏天是没有火烤的，只能第二天晾干了重新穿上。

有天中午，我看见了到连队巡回医疗的父亲，他带着一个卫生员，正和连队的许多人在义诊。我们一大群半大小子，穿着带泥水的胶鞋、水鞋从边上走过时，我只是朝父亲笑了笑，父亲好像要对我说什么，但看我们走得匆忙，也只打了个招呼。晚上当我回到宿舍，看到了挂在床头的蚊帐，这是父亲给我挂的蚊帐，顿时觉得心里暖暖的。

收完小麦，秋天又要抢收大豆。1969 年这年水特别大，收的时间也特别长，水里割大豆，冰水刺骨，每天都要穿湿鞋，想想是多么地艰苦，何况北京、上海等地的知青，真是难为他们了。

一辆辆铁牛 28、铁牛 55 从连队开到了团部。一台台车灯的灯光穿透沉沉的雾霭，使周围的环境一下变得浓重。拖拉机在离他们几尺远的地方减速，吱——哐咚，哐咚咚。接着一群学生争先恐后地挤上车，奔往各自的连队……

就这样一年又一年，我们迎来了高中二年级毕业（实际上我们上了初中二年、高中二年，在农垦的大课堂中毕业）。

在农场医院的工作中，父亲首先要求农场医院以农场的经济工作特别是配合农场的夏锄、秋收为重点，来开展医院的本职工作，在农场医院坚持出诊，每天晚上连队和场部的病人有需求就随叫随到。

其次，要求农场医院定期建立巡回医疗制度，父亲带着部分医务人员骑着自行车跑遍了农场的四十多个连队。

再次，在各个连队逐步建立了赤脚医生队伍，要求医院及各连队上山采集中草药达到了六十多个品种。

最后，提高了农场医疗水平。过去农场的医疗水平较差，职工、家属患了阑尾炎等小的手术都要离开农场去外地治疗。父亲来了以后，创办了外科手术室，一般的手术都留在了农场，而且还吸引了附近农村的患者前来治疗，提高了农场的声望。

在后来的工作中不管面对何种困难，父亲总是乐观对待，还长期为38团医院的发展献言、献策。

兵团收获机械厂（依兰收获机厂）

1975年10月，父亲因工作需要，调回总局工作，我随父亲调转。因住房问题，他选择了新建的兵团收获机械厂工作。兵团收获机械厂由于是新建单位，一切都要重新规划。首先，将老航标站的医疗设施搬入新址，制定了规章制度，一切行动围绕工厂的经济建设。其二，在垦区内选调几名医务人员，充实医院的队伍，在工业、农业关键时期进行巡回医疗。其三，成立制剂室，利用兵团收获机械厂的地理优势，上山采集中草药材。其四，稳定、巩固在生产建设中的职工队伍。兵团收获机械厂医院，在生产建设中起到了重要的作用。

回忆起父亲的点点滴滴，恍如昨日，历历在目……

我调入兵团收获机械厂后，与七十四届从佳木斯兵团下乡到兵团收获机械厂的小学同学们相聚，在这里又开始了新的工作，几年后我们又返回佳木斯直到退休。

父亲离开我已经二十年了，但他为北大荒作出了应有的贡献。在哈尔滨北大荒博物馆，记载着老一代北大荒人的精神，在农垦科学院展厅，记录着父亲及他们同期开垦北大荒复转官兵的名字，他们无私忘我建成了新时代的大粮仓，他们的贡献与时代永存！

转业官兵的孩子们

20世纪50年代末的一天，一群跟着转业官兵的父母来到北大荒总局机关的孩子们，开始了他们新的幼儿园生活。由于我们家里妹妹小，姐姐在家里还要照顾妹妹，所以把我送到了幼儿园。幼儿园里有许多孩子的情况和我差不多，他们也是同时来到这里。

在20世纪50年代末，佳木斯的杏林路还不叫路，叫杏林河。距离幼儿园不远的地方就是这条河。

在杏林河的每条路口，基本上都有一座桥和水泥桥，儿时心目中的杏林桥就像一座灯塔、一棵树一样自然地矗立在那里。

每天这群孩子，排着队，手拉着手，沐浴着阳光，在阿姨的带领下，边听阿姨讲着故事，边向前走着、游玩着……

幼儿园是长托，在这里入托，孩子们要待一周，到星期天才可以回家。

杏林河的风景非常美丽。桥的东边是电机厂、造纸厂、发电厂、机械制造厂。桥的西边是麻钢厂、煤机厂、制糖厂、纺织厂，每天晚上灯火辉煌。桥的北面是佳木斯的大江——松花江，在江中有许多的江船和游船。你可以乘船到江心岛和江北岸游玩。桥的南面是佳木斯火车站，在这里我跟着爸爸、妈妈坐火车到莲江口看望亲人。

在幼儿园我们生活得非常愉快，转眼几年间，我们大班就要结束了，马上就要升为小学一年级了。

一天，我突然感冒了，感冒的还有玉清小朋友。

这天早上幼儿园来了一台小汽车，这是总局机关小车班的车，在总局机关共有三台小车，我们幼儿园的孩子有病，总局机关会马上派车接送我们去总局门诊部。

门诊部儿科李医生仔细地询问了病情，并进行了诊治。正准备离开时，突然门外热闹起来，有人喊道：“首长来了。”

我和玉青跟在幼儿园老师的身后，向室外走去。

一个身材魁梧，中等身材面带微笑的中年人冲着我们说了话。这正是总局领导陪着中央代表团来考察。我拉一下玉清的手，嘴里喊：叔叔好，伯伯好！”

由于我们身穿幼儿园的服装，身边的老师说道：“孩子们是从幼儿园前来看病的，这天气不正常，可能有点感冒。”

总局领导说：“孩子们是祖国的未来，我们建立新中国就是为了孩子们。十万官兵转业北大荒，战天斗地，也都是为了祖国的未来，必须把他们照顾好。你们说是不是？”

我和玉清顿时精神抖擞，大声地回答道：“是。”

总局领导看着我俩，高兴地说道：“这俩孩子，祖国的未来，唱个歌吧。”

我和玉清，你看看我，我看看你，我说道：“幼儿园里，新学了一首歌《打靶归来》，我们唱给您听吧。”

我和玉清站在一块，放开了嗓子，大声唱了起来：“日落西山红霞飞，战士打靶把营归把营归，胸前红花映彩霞，愉快的歌声满天飞……”

歌儿唱完，引起一阵好评。我说：“我们唱得不算好，幼儿园里有许多小朋友唱得比我们好。”

这时，中央代表团的人群中有一位伯伯说道：“这是你们总局幼儿园的小朋友，挺活跃、挺大方的！”

总局领导说：“我们局直成立了幼儿园，就是为了总局机关工作的需要，这些孩子在幼儿园老师的教导下，表现得很好，值得表扬！是不是请各位领导到幼儿园去看看孩子们呀？”

说到这，幼儿园的老师也非常高兴地说道：“欢迎领导到幼儿园来。”

玉清说：“欢迎您们到我们幼儿园里，去听小朋友们唱歌。”

刚才说话的那位中央代表团的伯伯，说道：“我接受邀请，以后有机会一定去你们幼儿园听唱歌。好不好？”

我们高兴地说：“好。”

我们告别了各位伯伯叔叔，跟着老师乘车回到了幼儿园。

在幼儿园里，我和玉清把在门诊部里的事情讲给小伙伴们听，大家非常高兴，都期盼着总局领导和中央代表团能到我们幼儿园来，我们要唱歌给他们听。

这天，太阳快下山了，我和玉清、郭亚莉跑上了木桥向远处张望着，老师告诉我们，总局领导和中央代表团工作繁忙，已踏上了去农场的路途，并让身边的工作人员转告我们，说下次来时一定到幼儿园听小朋友们唱歌。

不久，我们幼儿园毕业了，就要上小学了，临行前，我们和老师在总局门口，照了毕业相。

五十多年过去了。当我和玉清重新站在杏林路时，我们各自的父母都已相继离开了我们。

如今的黑龙江垦区，已经发展成我国耕地规模最大、现代化程度最高、综合生产能力最强的国家重要商品粮基地和粮食战略后备基地，被誉为靠得住、调得动、能应对突发事件的“中华大粮仓”。

我们接过父辈的旗帜，成为军垦人的第二代。传承北大荒精神，肩负起农垦事业。耕耘与收获、奋斗与开拓、奉献与追求、光荣与梦想，是我们牢记的使命。

如今，三代农垦人，把北大荒建成了中华大粮仓。

十万官兵今何在？无名花开满原野。

又是夕阳西下时，看着满天晚霞，想着杏林路的千年伸展，尽管人生脆弱短暂，我们的心却有了温暖的依归，有了一份安然和宽广。

姐 姐

邻居叫门，把我从梦中惊醒，我很不情愿地起身去给她开门，因为她打碎了我一个梦。最近总是做梦，梦像一只快乐的鸟儿叫着，令我情意缠绵，思绪缭绕，值得回味。

在梦里，我梦到了姐姐在黑龙江水文队工作，一组三人，到霍龙门找水，他们拿着罗盘、锤子、背着地质包在山中走着，沿着自己的纬度找着……

我的姐姐，从兵团四师三十八团科研连，被推荐到长春地质学院水工系上学，毕业分到齐齐哈尔工作。

姐姐比我大四岁，从小就让着我，记得小时候，妈妈常对我说："在福建的时候，那边水果很多，每次逛街的时候，我就给你姐姐买一根甘蔗或一串龙眼，你姐姐就扛着甘蔗或拿着一串龙眼说要回家给弟弟吃。"1958 年十万官兵转业北大荒，在汤原县北大营的时候，那时我还小，室外都是蒿草，一出去就被蒿草没过了头顶，回来被蚊子、瞎蠓咬得满头大包……

到了佳木斯以后，因为有了妹妹，她还小，由姐姐照看，我被送到了总局幼儿园。幼儿园是长托，每周回来一次，那时一回家，姐姐就高兴地和我玩……

我小时候很调皮。记得有一次，妈妈去街道开会，让姐姐在家煮大碴粥，当煮好粥的时候，姐姐把粥端到屋里，又出去拿碗，我从里面把门拴上，和妹妹拿着碗，站在窗户旁，一边吃着，一边看着姐姐，就是不给她开门。姐姐也不生气，就默默地看着我们。

上学了，姐姐高我三个年级，她总像大人一样保护我、爱护我。每天，我们都一块上学。

中午放学后，我们就到爸爸的单位吃饭，之后再返回学校上课。

不久，我们家也要到农场去了……

我们搬家到了兵团四师三十八团，住的是过去养鸡的房子，后改造住人。吃水需要去挑水，我们三人一块去打水，开始两人担，后来挑。我和姐姐挑着两个半桶，每人挑一段，后来逐步挑到了一桶。

五年级以后，要到连队劳动了，我和姐姐每天都要四点起床，要把带的锄头、镰刀准备好。基本上都是姐姐先起床，紧接着我再起床，但是，姐姐会提前把要带的工具准备好，在家一直都是这样。

上了初一，我们五年级和上一届学生合为一班集体升级，姐姐她们和下一届合班降级。这样我们就相差一届了。

1972 年，她们作为首届高中毕业生毕业了。看到姐姐走上工作岗位，我是多么地高兴呀。她毕业分到团科研连工作，在科研连试验田里，我看到姐姐辛苦劳动的身影，连里义务分配的积绿肥任务，她都义不容辞地完成。在业余时间里，我会帮姐姐铲草皮、积草堆，积极完成连里的任务。

姐姐因为积极地工作脱颖而出，被提拔为科研连文书。当她职务变了以后，并没有放松对自己的要求，继续积极地工作，每天她都把收发的信件、报纸及时地交到连里每一个人的手中。

在连队推荐工农兵大学生中，她以满票当选。

她以一种不服输的劲头，来对待生活中的困难，经过三年的努力，她顺利毕业分配在齐齐哈尔水文队。

如今姐姐已年近七十岁，早已退休，现全家在海南三亚生活。

我年幼时和上学时的幸福欢乐的时光，早已成为一个非常遥远的梦。

日头偏西，阳光渐渐暗淡，时光将在不远处打开另外一扇门，等待我走进日子的另一面。

人老了，爱怀旧，我的怀旧就是思念故乡。

我和顿河马及马驹

春天如期而至，绿色在大地上蔓延，土地深处的温暖开始缓缓地朝地面升腾。去年，开过的花草，忽然又有了润气，泛出薄薄一层青色。去往二十二连的路上，穆林河以及延伸的河泡子，在这条防护的大堤上向前伸展，这条路就是通往22 连的路，既是大堤，又是一条道路，河边经常响起水鸟掠着水面飞行的笑声一般的响动。

1974年3月，我毕业之后在四师三十八团二十二连工作，在二厩负责养军马，我们厩长是上海知青陈玉琪，那时他二十一二岁，比我大五六岁。

说起来，我们能分到马号养军马，这里还有一段插曲。毕业前，我和吴洪胜关系比较好，爱好相同，钓鱼、游泳、连队劳动，总在一块。临毕业时，我们参加了空军航校的体检，最后没通过被退了回来，懊恼了很长时间。

临时分配工作时，吴洪胜想去军马连放牧，在穆林河边捕鱼多么好呀，因为我们有共同的爱好，所以我也选择了正在招人的二十二连。

我们一共分去了十多个同学，临走时，连里来了一辆马车，十多个同学一块上了马车，载着我们去了连队。

到了二十二连，我们十多个同学大多分到了农工排，也有个别同学分到了后勤。当时，分配宿舍是插入到各班的宿舍，我分的是一个十二人的房间，均是来自北京、上海、天津、哈尔滨等地的知青，而来自团直的，就只有我一个人。

过些天，我又被调到了基建排，浇筑给马喝水的槽子。槽子浇筑好以后，需要抬走，我们四人负责抬马槽子，当时的槽子重达近一千斤左右。抬马槽子需要喊号子，每天上班，随着“掌腰个、起来个、嗨吆，再来一号，嗨吆！”的号子声开始，每天上午休息一次，下午休息一次。每次休息，我们都累得一屁股坐下，休息会再接着干活，直到下班结束。

一天傍晚，我和吴洪胜沿着连队散步，正巧连队放牧员赶着马群归来，我们俩看到马群的阵容激动万分，赶紧跑过去，每人抓着一匹军马骑上。由于军马没有受训，马不停地狂飙，我们在马上紧紧地抓住马鬃，任凭它狂甩。正在这时连长过来了，他大声地喊了起来：“你们两个虎小子，赶快下来。”我们俩赶紧从马背上跳了下来。“你们俩明天到马厩上班吧。”贾连长临走时，留下一句话。

第二天，我们俩人，吴洪胜去了一厩，我去了二厩。

每天早上，我和陈玉琪就开始了工作，起马粪、切豆饼、铡草、给马槽放水饮马、运送马、喂马。下班后，我和陈玉琪到广场踢球、跑步。我们俩在一起工作、生活非常快乐、融洽。

我们马厩里养的叫顿河马，一厩养的马叫卡巴金，均是欧洲马种，身材高大，比较珍贵。平时到牧场放牧，有骑手前来放牧，我们就是在围栏里让马运动。让马运动时，陈玉琪告诉我“老八号”性格比较温顺，所以我就把这匹马作为坐骑。

平时，我们要经常给马测体温，需要把马扑倒，这时就需要找别人来帮忙，往往需要三个人才行。马是不老实的，我们要把马抓住，再按倒，但有时马会挣脱站起来不停地奔跑，这时就需要上去一个人，在奔跑中猛地抱住马脖子，我通常会主动去快速抱住马脖子，另外两人立即上去按倒马，再测温。

我们经常是早上就开始铡草，一堆草，一直忙到很晚。

“老八号”产了一个驹，我和陈玉琪把“老八号”用木栅栏单独挡在一侧，和马群分开，便于照顾“老八号”及小马驹，并且单独用豆饼、麦麸子加草料给它吃，保证进食。

一天，我突然发现“老八号”的进食在减少，陈玉琪告诉我去外面草场割一些二茬的小叶张、五花草来喂养它。

一个夏夜之后，在夏天与秋天的交叉口，突然有了一场大风。荒野草场一夜摇摆不断，嘶鸣呜咽。次日，风已经停了，可许多高高的小叶张、三棱草、五花草却被拦腰刮断。

刺角芽的芒刺，扎在了花花菜粉软的叶中。蓑草的叶儿，大都耷拉在它的脚下。一些二茬的小叶张、五花叶也在马儿食过的草场中又生长起来。

就这样，我每天去草场割这些二茬草，“老八号”在我们俩人的精心护理下，似乎有了好转。

“老八号”好像有了灵性，每天喂它时，它都温顺地摇头摆尾，而它的孩子小马驹则像懂事的孩子似的围着我们俩。

过了一段时间，我们发现“老八号”的草料进食量又在慢慢减少，马奶也在逐渐减少，好像胃里长了什么东西，我们俩看到这样的情况非常着急。向连里请示后，我们决定带“老八号”到团部兽医院去看看，把厩里的工作交给一厩的王亚军、吴洪胜负责。

我和陈玉琪牵着“老八号”和小马驹来到了团部兽医院。经医生检查后确定，“老八号”需要住院治疗，这样我们就在团部住了下来。我的家就在团部里，于是我就回到家里居住。妈妈非常高兴，让我叫陈玉琪回来吃饺子，可是陈玉琪太腼腆一直不肯去。没办法，我只好给他送去。

“老八号”的病情在恶化，食物也不能吃了，最终死了。

我和陈玉琪最后只得带着小马驹返回了二十二连。我每天到草场去割二茬草，小马驹也很乖，一见到我就撒欢，天天地跟着我，像孩子一样，我和陈玉琪没事就逗它玩，真是非常有趣。

不久，我们正式分配了，10 月份新的调令下来了，我和班里的六十名学生被分配到糖厂工作。临行前，我和陈玉琪相互告别，和小马驹招手致意，要到新的工作单位去了。

在秋天的某一个正午，日正平南，阳光金黄灿烂，在温暖纯净的空气中，野草们都还绿着，各类各色的大小花朵，还都不到败谢的时候，而成熟了的野果、草籽却又开始散发着甜美的香味，不时有豆荚炸裂般的草籽儿落地的声音。

上山伐榛条

雪是越下越大，漫山遍野都白茫茫的，整个世界仿佛除了刺眼的白，再也没有第二种颜色了。路边的柞树、桦树、松树的枝儿和杈，都挂了一串串的白花花。山坡上、沟崖下转眼间都被白雪覆盖了，分不出哪是山野、哪是道路了……

1974 年 12 月，我们在四师三十八团糖厂经过一段时间的培训，和分在甜菜站的八个毕业生和外地知青，一起被分到了三十三团至四十二团的各个农场。我和哈尔滨知青刘宗豪分管四师四十二团，当时在生产股工作，主要负责甜菜的种、管、收工作。经过一个多月的工作，我们又回到了糖厂。

在甜菜站，邵广玉站长根据我们的汇报进行了总结，最后又安排我们进入完达山区，在四连的山林中割榛条。因为到了发货期，铁路运输甜菜需要有榛条围挡，而在各团收购甜菜的任务交由外地知青负责。我们由邵站长带队十二位同志上山。

糖厂的机修为我们打制了镰刀，这镰刀与我们普通的镰刀不同，它的刀刃都由特殊钢材制作，拿着非常地敦实，一看就知道是好刀。糖厂食堂为我们准备了烤制的炉果，在山上午间吃的。

准备工作做好后，由糖厂的汽车把我们送到了四连，四连在山里。

我们住在一座山边的房子里，过去可能是采伐队居住的，它远离居民区。我们一到，就劈柴烧火，烘干房子，门外有站杆的树木，我们把它锯成了段，然后劈开，把炕烧了起来。

进山需要打绑腿，把裤脚扎紧。山上雪很厚，这些准备工作必须做好。

第二天一早，我们吃过早饭，就开始入山了。下雪了，纷纷扬扬的雪花儿。天冷得很，空气都像不流动了，凝住了，像空气结成了冰丝儿。人走着，能听到撞断冰丝的嘎扎响，脆极了，也细微极了，和雪花裂开的声响一模一样。

我们沿着通往山区的一条大路往山里走去。由于到了十二月份，山里起了大风，我们顶着风雪向山上走去。走了半个多小时，来到了一处山坡旁，这里树木茂盛。邵站长看了一下，发现榛条比较多，而且地势较平缓，就和大伙说："我们就在这里割吧，一定要选择比大拇指粗一些的，割完后把它捆起来，再扛到这里，老李负责检查质量，大家开始干吧。"

我们一字排开干了起来，这活比较容易，主要是挑选榛条，不要割细的，也不要割太粗的，比拇指粗一些就行。雪越下越大，漫山遍野都白茫茫一片，好像整个世界除了刺眼的白，再也没有第二种颜色。

这些兵团的子弟，在锄地和割大豆、小麦、水稻以及建设学校方面什么样的活没有干过？干这活，小菜一碟。

在山里，大家蹚着积雪，深一脚、浅一脚地不停干着，有的人已经不在坡面上割榛条了。从坡面下到了坡底，去沟里避雪背风的崖下割榛条。当大伙把一捆一捆的榛条扛了过来，经老李的检验都合格，老李高兴地说：“挺好，干得不错，就割这样的。”接着站长说：“大家休息会，吃点东西吧，快十二点了。”于是，我和于良波、关问东找了两捆榛条放倒，大家都坐在上面，拿着炉果吃了起来。午后的太阳照在身上暖洋洋的，树林里静悄悄地，松鼠在松枝上跳跃，一种红头小鸟的叫声清脆悦耳好听极了。

我们边吃着边说起了在三十七团的事情，关向东说：“那是在三十七团一个连队等车时，有位独臂老者和我们亲切交谈，谈到过去在解放战争中他失去左臂的经过，鼓励我们要有志向。他还给我们讲了《石壕吏》这个故事，这个故事讲述的是苦难的过去和无情的战争给人们带来的灾难。临走时，这老者还送给了我们一首小诗，‘人生昭华几何年，光阴易过变瘦颜。趁此英壮立大志，莫待花甲空浩谈’。”关向东讲完后，我们都陷入了沉思，我把那首小诗记了下来，并时刻激励自己努力奋进。

下午，我们又紧张地工作，直到五点多才开始往回走，当走到这条沟的沟肚里，发现它像一个白葫芦，大肚子处铺满了厚厚的雪，雪深得能埋住大腿。我们从雪地走过去，飞雪立马又埋没了腿窝，就这样一步一步艰难地回到住的地方。进了屋子，我们赶紧烧炕，脱下湿透的棉鞋，放在火墙边上烘烤着。接着大家从连队食堂打来饭菜吃了起来。吃完饭，已经八点多了，大家准备劈柴，柴劈好后，收拾一下看看时间已经九点多了，于是准备休息。

第三天，我们吃完早饭已经六点多钟了，随即向山中走去。到了地方，我们自动排开各自找好各人的位置，很快就干了起来，在坡上、在密林中、在沟崖下，大家不停地割着，捆绑起来。我们又不断地把捆好的榛条扛了回来，再回去割，就这样反复地干着。

“吃中午饭了。”邵站长催促大家，我们扛着榛条回来了。大家拿着炉果，喝着带来的凉水吃了起来。

这天整个下午，大家都在紧张地割着、砍着榛条，谁也没有多说一句话，榛条的堆不断地增大着，大家紧张地工作着，一直干到下班时间……

下班了，我和于良波、关向东在往回走着，这十一个人，有的在前面，有的在后面，大家的脚和裤腿都被冰雪湿透了一层……

这时走在后面的武小唯突然大喊一声：“黑瞎子，黑瞎子……”从后面跑到了我们面前，这时于良波说到：“喊什么，在哪，别大惊小怪的。”武小唯用手指着一个方向说：“在那……”我们顺着他手指的方向看去，只见有两只狍子在惊慌地奔跑着。这时庞立军说到：“真是黑瞎子闯进了苞米地——就会瞎掰。”

这时，山脉上静得很，只剩下雪花漫天飞舞时发出的悦耳声。邵站长说道：“都进入冬天了，哪会有黑瞎子呀，黑瞎子这会都进仓猫冬了。”武小唯满脸通红地望着我们……

经过十多天的努力，我们终于完成了割榛条的任务，我们坐着糖厂的汽车返回了糖厂，参加开工生产。接下来，我们又开始了接受处理甜菜的工作，在甜菜场地，各个团的汽车在排队输送着甜菜，铁路专线也忙了起来。我们在流送沟接收本团的甜菜，望着流送沟送到车间，甜菜变成了丝、变成了三砂糖、二砂糖、一砂糖……

回想到这里，心里美美的、甜甜的……

怀念在北大荒的日子

无论是谁，总会隐隐约约地记起，自己从前的日子里那一箩筐沉甸甸的往事。

或许，那已逝去的时空给了你灵感的悸动。飘飘忽忽的踪迹，实实在在的经历，过一天的生活，便去创造一天的美好。其实，经历就是一本无字的书籍，可是，它却又比书籍的境界高出许多。所以，经历之后，面对所有的典籍，你尽可以付之以灿然的微笑，或者，你干脆去构思自己的专著……

1974 年，我们第二届高中毕业了，临时分配我们十多个学生付广军、吴洪胜、梁小雷、王永强、张海英、黄爱华、郭志芬等到二十二连，也就是军马连。在连队，我们分到了大田排工作，接着我又被抽调到水泥管班，在这里做水泥槽子，每天将做好的马槽子抬到存放地点……

我和好友于良波、王惠民、关向东、庞立军等的友谊是在我们正式分配工作后建立的。1974 年 10 月，我们共六十名毕业生分配到了 850 糖厂，分到糖厂原料站的是我们八位毕业生。于良波是我们的班长，接待我们的是站长邵广玉，这位退伍军人在接待会上说“奋战两三年，不吃进口糖”，这是全国糖、油、麻、烟会上提出的，现在兵团提出每个师建一所糖厂，就是要把这个目标彻底落实。会议结束后，于良波和我说："我们一定要响应党的号召，我们新分来的学生要好好工作。"八名新的员工分别分在四师各团，我和刘宗豪分管四师四十二团，开始了种、管、收工作，从此，各团都留下了我们的身影。

当岁月的树，还透着青春的消息；当时间的风，还拂着泌泌的绿意，匆忙的我们，不经意间就迈进了夏的浓荫和热烈……

这个季节，我们将会踏上人生的环行道，在 7 月里，做一次艰难的奔跑。或许，我们会成为一名胜利者；或许，我们会为一场失败而黯然神伤。无论成功和失败，都会记录我们奋斗时的泪水、努力时的汗水。

1975 年，我父亲调到兵团收获机械厂工作，我和我父亲一同来到了兵团收获机械厂。这样，我分到了安装队后转到第一个车间——动力车间，随后，我被分到了锅炉工段工作。锅炉工作比较辛苦，但在工作中我结交了许多朋友如张国良、杨长春、曹增元、韩路等，并且参加了厂宣传部黄万华（现山东大学教授）组织的工人理论学习班，通过学习提升了理论素质。

一次车间组织的赛诗会，我的一首诗歌让车间激情四放。诗大概意思是这样的：咱战斗在炉前……啊，炉内是乌金在燃，也是我们青春的年华在燃，炉火熊熊，映红了天，要不是战斗在炉旁，你怎觉得，火红年代热腾腾，五湖四海正换天。真的，作为一个司炉工，咱心中溢满自豪感……咱和煤一起发热量、做贡献，志在红球红烂漫，干啊干，擦擦脸上汗，咱战斗在锅炉边。

不久，我担任了车间统计。

次年初，我被调到厂供销科任计划采购员，当时主要工作是完成生产五百台收获机的主要外协配套、钢材指标。由全国二百多个厂家及金属材料小额供应站配套供给，由于在计划经济时期，签订合同后也需要催货，任务量是很大的。1976 年，全国计划物资会议在我们兵团收获机械厂召开，此后，我开始奔跑在全国各地……

我们在武汉第五机床厂发运机床、在株洲发运汽车火花塞、在广州金属材料公司催发钢材配套产品、在上海锥型套厂催发工厂的锥型套产品、在沈阳金属材料公司长春金属材料小额供应站催发配套产品，祖国的大江南北，都留下我们辛勤的汗水。

我清楚地记得，有次去天津催货正好赶上了唐山地震，天津也受到了地震的影响，百货大楼震裂了一道大口子，到处是地震棚，但是我们没有耽搁，依然赶到厂家去催货。我到齐齐哈尔市的富拉尔基区催发焦炭，那时工厂发不出货，产量只有供应量的二成，催一次货要等到近一个月的时间。

在工厂内我们供销科不仅要组织全厂的货源，保证工厂的产品计划执行，而且每次工厂的船运煤回来，还要主动将煤卸下。

冬天在封江的初期，为了保证生产，全科人员在科长刘文举、李永堂的带领下，彭强、雷纯、王书梦、李广仕、周杰、魏成功、大于子、周墨林、李综琪、毛洪生、付国金等全科人员，将物资运到江边北岸，再用汽车拉回到厂内，保证物资及时到位。

1978 年年底，知青开始返城，厂里许多岗位的管理人员紧缺，于是决定将部分人员抽调回基层，我服从组织安排被分配到机加车间从事统计工作，继续为收获机械厂的产品发展做贡献。

温暖的记忆，不再遥不可及，流过的点点滴滴，不断回旋在我的心底，留住自然的默契，也留住牵系。

在兵团收获机械厂

兵团收获机械厂，坐落在松花江北岸，依山傍水，山清水秀。与依兰古城隔江相望，与通河县清河林业局相邻。位于小兴安岭山脉，地形多丘陵地带。

小兴安岭的早霜，洒在岗峦上，洒在山林里，也洒在那刚刚收获的田野中。我从车窗望去，高大的厂房正拔地而起，虽然看不见人家，但袅袅上升的炊烟，告诉我新的生活又要开始了。

1975 年 10 月，我告别了生活八年的兵团四师三十八团，来到了即将开始新生活的工作单位。

兵团收获机械厂成立于 1975 年，是为了满足兵团农业生产的现代化需要而筹建的。当时兵团筹建了一批工厂，如兵团收获机械厂、兵团一机厂、兵团二机厂、兵团浩良河化肥厂、兵团林源炼油厂。目的是提高兵团的工业化水平，当时的兵团收获机械厂就是在这种情况下成立的。

兵团收获机械厂的前身是八机部农机试验厂，八机部干校就建立在此地。

建厂初期，兵团收获机械厂的办公地址就在这里，当时一条路是泥土沙石混合筑成的，路两旁一律是砖木结构的小平房，有的屋顶上竟长出一尺多高的蒿草，绿莹莹的一片，成了一道风景线。最高的建筑是路边的加工厂的小二楼，路边拐角的商店是工厂最大的购物中心。紧贴商店，是修理连，顺着修理连望去，是新建的成排的工厂大楼，这就是新建的兵团收获机械厂。每天成群结队的工人按照倒班时间，从工厂里进出。它如同一座闭塞的小城，突然间活跃起来，跳动起来。

我们刚到兵团收获机械厂时，由于没有住房就临时住在招待所里，等待住房下来后，才能搬到住房里……

窗外，月色溶溶，树影婆娑，我在招待所里，怎么也合不住眼了，也不知是因为招待所人来人往，还是因为路过的行车喧闹……

一天，我父亲对我说，他看到我们同学了。侯国光、姜克毅、张玉清他们下乡后都分在这。正说着，侯国光、张玉清到了。见了面，我们非常高兴，一直聊天到很晚才走。

第二天下午五点多钟，工程连的李春江和于影、一连的徐明仁、良种站的董瑞和侯国光，他们都来了。

这次侯国光、董瑞讲述了他们在良种站的一段经历。

1974 年 10 月，他们集体下乡，分在了良种站，4 月份坐车来到了方正县林业局一处没有采伐的林区修路，供采伐人员采伐，运输回木材。这个地方崇山峻岭、山高林密，基本都是松树群，有的一人多粗甚至更粗。据说，离海林县林业局的威虎山都不太远了。在无人的沟塘子要修出一条路来，的确也是件不容易的事。佳木斯下乡的青年及北京、天津、哈尔滨的青年和当地的青年分成两个班，一字排开，沿着山路开始了一天的劳动。残留着汽车轮印和爬山虎拖拉机痕迹的泥土路，弯弯转转地向前方神秘地伸延着，路两旁的景物和色彩不断地变换着。

被截成一段段的红松劈柴在屋内的灶炕中正在燃烧着，屋外一棵巨大的松木被截成一段段六七十厘米的轱辘，再劈成小段，放到灶坑里烧火。这时董瑞两眼紧盯着松木一段流油的部分，喊了一声：“这不是明子吗？”紧接着他就把它拿到了手中。

在山坡上的树丛中，太阳落下，晚霞送走了工作一天的人们。回到家里，吃完晚饭已经八九点钟了。这时，他们需要赶紧烧一下炉子让火炕温暖一下屋子。董瑞带着他在方正林业局拿的松树明子，一股脑地塞进了炕洞，然后赶紧上炕歇息了……半夜两三点钟，董瑞的宿舍里一股浓浓的烟窜出来惊醒了大家，原来是火炕烧得太热，把被褥烧着了，大家一阵扑打，虽然火扑灭了，却引来大家阵阵哄笑。

看着同学们的开心大笑，望着大家火热开心地生活，我不禁着急起来，心想：房子下来后，赶紧搬家，快去报到，尽快投入到火热的生活、工作中去。

看着这些年轻的发小，我不由得怀着好感、激动，甚至在某种程度上，带有一种敬意。

当时，工厂正在筹建末期，我分到第一个车间——动力车间。

一大清早，我被枝头、檐间麻雀的喧闹声吵醒，该起床上班了。我收拾一下，吃完早餐，赶快来到工作岗位。我被分配到锅炉工段，成为一名司炉工。

烧锅炉这项工作是比较苦、累、脏的，而且三班倒。我需要努力工作，迎接挑战。在烧锅炉的工作中，需要上煤、除灰、烧锅炉，而且还学会了水暖安装、维修等工作。

每天，当清凉的晨风带着早霜的寒气和松林的清香吹过的时候，我就开始了奔跑，接着再爬上北山，锻炼让身体变得更加强壮。

我还学会了读书，在工作之余和下班的时间，我经常买一些图书和杂志，积极参加车间组织的活动，并且参加了工厂业余理论学习班。在业余理论学习班上，我们共同创作的文章在兵团战士报发表。在厂内我经常发表一些宣传报道，反映车间的好人好事、新气象。

不久，我被提升为统计。在车间从事统计工作的时候，我的同学们也经常到车间来。侯国光已经成为良种站的材料员、张玉清当上了木工、董瑞调到厂医院，许多同学分别进入了工厂当了工人，徐明仁、王革、燕明入伍当兵。我们家成了这些同学吃饭、谈话、玩耍的据点。

金成哲开上了拖拉机、姜克毅开起了铁牛 55。

一轮明净皎洁的月亮，悬在空中。似水的月光，洒满了大地。

姜克毅讲起了今年夏天发生的一件事："那天我在良种站西边那块地里劳作，这时天空突然乌云密布，不多时大雨下了起来。地里农工一班的人正在锄地，大雨哗哗地下着。在地里锄地的马来芝、孙风鸣、黑翠英、房绣花等北京、天津、哈尔滨等地的下乡青年奔跑着，纷纷躲进我的车里，前后左右挤满了女青年。这时我把着方向盘，踩着油门，把她们送了回去。到了宿舍我数了一下，'呀！十一个人呢！'大家高兴地笑了。"

工作几个月后，我突然接到人事科的调令，调我到厂供销科钢材组工作。建厂初期，供销科需要几名年轻人员，考虑到我在原单位有过这方面的经验，我作为年轻人员就被调了进来。

1976 年，我们国家的经济结构还没有调整，国民经济还处在计划经济时期。各种物资还在计划供应。所以，各种计划调拨会议、催货比较多。

我们兵团收获机械厂供销科，承担着厂内收获机的钢材以及配套件的供应工作。我们的所有材料需参加全国计划会进行调拨。其中，近三百个材料品种分布在广州、上海、长沙、哈尔滨、沈阳等地的金属材料小额供应站。配套件的厂家也遍布全国各地。我在供销科负责钢材计划、采购。计划员开会回来，将所有的合同都放在我这，我将按照不同的时间前往催货。

记得我第一次出差是到齐齐哈尔市的富拉尔基和齐齐哈尔钢厂。在接待室，我拿出介绍信交给一位四十多岁的女同志。这位女同志边看介绍信边对我兴奋地说："噢，是兵团来的小战士呀！"接着看我拿来的合同再进行查找，答复我什么时候发货。那时候，兵团战士是多么光荣和自豪呀。

1976 年我到齐齐哈尔出差，顺便去二十三军看望我的同学吴洪胜、肖连平、韩勇，上届同学张风军、高井全。吴洪胜在二瓦班背着二瓦报话机，肖连平在 82 无后坐力炮班当马夫。我当时在吴洪胜那里吃饭，晚上肖连平让我到他那里去住，部队马号随便些。我们五个非常开心，并照相留影。

在工厂生产收获机的紧张季节，全科人员为了保供应，奋战在这条战线上。冬季将要来临，松花江冰封河面，汽车不敢过江，全科人员就走过江去，把物资卸到江边，再用人力背过江。全科人员经过几次努力，终于把物资及时运到厂里，保证了收获机的正常生产。

这些事像报纸合订本似的，只要一翻，哪年哪月哪桩事，便历历在目。

我在动力车间的往事

晨起，我忽然想起刚到兵团收获机械厂动力车间的事情，就像已经沉淀下去的渣滓，重新搅动起来，慢慢浮上心头，而唤醒那以往的记忆，我蒙眬的眼睛，慢慢地辩认出模糊的人影……

1975 年，我从四师三十八团糖厂，调到兵团收获机械厂工作，分到动力车间。在动力车间，我分到了锅炉工段做了一名司炉工。当时，冬季取暖已经开始，我和张来华、李双全为一班，另外两班有叶浩然、戴可余、刘乐宝，另外还有几位同志。锅炉工作是三班倒。

我们烧的锅炉是 8T 炉和 16T 炉，当时，还是比较先进的，由外单位的人负责从煤场把煤运到车间。然后在车间内，我们再用小车推到炉前，锅炉点火后，我们开始烧煤，炉排是自动的，煤在炉排上燃烧，炉排点动后带着火向前。

我们通过炉口做为观察口掌握情况，发现炉火烧得不旺时，就往里面添加一些煤，有时还用两米左右长的炉勾子勾煤让炉火烧得均匀。除灰也是半自动的，等灰、炉渣比较多的时候，把排渣口打开排渣就行了。

日常的工作反反复复，在工作中我学会了暖气的安装、电焊等工作，工作越干越成熟。我和锅炉维修工杨常春还做一些宣传报导方面的工作，经常向厂广播站投稿，宣传了车间的大好形势。同时，我和水暖班副班长张国良，参加了工厂举办的工人业余理论学习小组的学习。每天晚上，厂宣传部的干事黄万华作为教员，及时地辅导我们学习，使我们的学习水平有明显地提高，一些稿件在《兵团战士报》发表。

当暮霭悄然降临，月亮在云片中穿行，蟋蟀和虫儿在草丛中低吟。这个时候，我们通常会到室外散步，然后坐到花坛的水磨台子上，畅谈人生和理想。偶有往来的汽车开着车灯把一簇簇的树影投到我们身上。

这时我已担任车间代理统计，杨常春提为车间材料员。松花江就在我们工厂的边上，每当炎热的夏季中午吃完饭后，我们都要到江中去游泳，然后再回来上班。

这天张国良、朱小平、皮秋生、韩路，吃了午饭，沿着一条蜿蜒小路，穿过簌籁作响的芦苇，下坡蹚过一个长满蒲草的甸子，就来到了江边。江边停靠着兵因收获机械厂制造的拖船，这条拖船在运送煤炭，由厂劳动服务公司的人员，在输运带旁往下卸煤。

江水一漾一漾的，在去江边游泳的地方，已经来了不少人，顺着江边二三公里的地方排开，有的人已经下水游泳。我和朱小平的关系很好，总和他一块打乒乓球。张国良和朱小平下了水，皮秋生、韩路没下水，正坐在岸边观望着。张国良在水中游了一圈，便准备回去，可是朱小平游了一圈没有尽兴。

他看到江中的江心岛便和张国良说：“我游到江心岛去，没有多远，一会儿就回来。”张国良边躺下晒太阳边说：“那你去吧，我在这给你看衣服。”于是，皮秋生和韩路沿着来时的路回去了。

朱小平朝着江心岛游去，刚开始游得还可以，可是游了一会，水流就变得比较急了，越往前游水流越急。这时，一艘货轮拉着一船货，正全速行驶在宽阔的江面上。太阳很晃眼，江面也粼粼闪光，浪花开始翻腾得更加厉害，顺着江面往下冲到了主航道上，这时流量加大，马上就要冲过江心岛了。朱小平想往回游，但此时已经游过了江心岛，湍急的江水让他无法返回，只得顺江往下漂，回来并不是那么容易的。再说已经游过了三分之二，绝不能半途而废呀，他顺江漂着，越漂越远……

这边张国良在岸边着急地等待着，时间过了一个小时了……又过去了一个小时……朱小平仍没有回来。过后我们才得知，那时朱小平顺着江流漂流了三个多小时已经到了对岸，可当他想登岸时，岸上不是沙滩，而是土堆。水的冲力很大，他连续冲了三次都没能上去。正在这时，一艘捕鱼的小船正好经过，朱小平立即向这艘船求救，朴实善良的渔民搭救了他。上了渔船，他累得躺在船里。他请求渔民能够把他送回对岸，渔民答应了，把他送了回来。

而对岸的张国良却不知道情况，正焦急地等待着朱小平，已经过去四十分钟了，他想报警，但又一想，假如朱小平回来了没看见他，两人不就错过了？想到这里，只得等待。

过了好久，突然，张国良眼前一亮，发现朱小平出现在了江边。此时的朱小平正拨开那层层的野草，脚下踩着石头、沙子艰难地走着，江中那艘渔船正在向南岸慢慢划行。朱小平回来了，一副狼狈不堪的样子，浑身晒得通红……

一天，材料员杨常春根据水暖班的材料计划，去大库领料。没想到几种关键配件没有，仓库人说："如果急需的话，你们单独采购吧，依兰县供销社可以买到，我们出具手续。"这时，杨常春找到了我，说了实情。我找会计支出了五百元现金，和杨常春说："钱支出来了，你去吧。"杨常春说："依兰太远，你和我一起去吧，办这种事两个人最好。"

我们借了两辆自行车，准备出发。临行时又到水暖班落实了要买的配件，然后，我们就骑上车上路了。

我们刚到工厂大门口，张国良就骑着自行车急匆匆地追赶过来说："我与你们一块去，还要买一些其它配件，不知有没有，咱们去看看吧。"

我们三人非常高兴能一块到依兰，当骑着自行车行驶在迎兰江北的山林中公路上，大口吸着从林子中飘来的新鲜而清香的空气时，感到说不出的畅快。

山林的道路曲折，一会儿上坡、一会儿下坡，路的两边是柞树、桦树林子，沿着这条江北的道路，我们三十多分钟后就到达了渡口。这个渡口有个村子，叫迎兰公社，迎兰公社不大，有一个木材加工厂。旁边散布着几个卖鱼的、卖西瓜的。

在渡口，我们等待坐船过江，渡口有两艘大船，两岸各一艘，每艘船需要把车辆装满后才能过江，汽车要装十台左右，汽车装完才开始放人。

这时有一个小轮船，机器突突地响，烟囱冒着黑烟，装货、卸货。也有一些卖花生、瓜子的小贩，吆吆喝喝，马上要过江了。过江的人有骑自行车的，有步行的，每人两角钱。看到这，我们推着自行车赶紧上了船，放好自行车，等待过江。

船停到了对岸，我们骑着自行车直接到供销社购买水暖产品，还好一切顺利。

我们购完了产品走出商店，沿着二百的大街往前走，可以听到一阵一阵小贩的吆喝声。依兰县当时的建筑并不高大，最高是二三层。依兰饭店是一层民居，看样子建筑时间比较长了，是青砖黑瓦建成，女儿墙建得较大，用做门面的匾额。我们都知道这家饭店做的饭菜质量是比较不错的，但是当时我们的工资只有每月三十二元，我们是不敢进去消费的。

我们中午在一家小笼包子的饭店吃的饭，一共花了六元钱。吃完饭以后，我们三人到了照像馆拍照。

我们骑着自行车，延着依兰的大街往回走，路边不少是像依兰饭店那样留下的古建筑。到了五国城遗址，我们下车推着自行车观看，又骑车到了慈云寺姑子庙观看，依兰是省级历史文化名城，人文历史源远流长。

早在五千年前的原始社会新石器时期，依兰的先民就在此繁衍生息。从大街小巷、自然景观和历史遗迹，在灵山秀水间感受千年古韵。

慈云寺坐落在依兰城北，背倚浩荡的松花江，西临“坐井观天遗址”，南望五国头城。寺庙红墙碧瓦，绿树掩映，古朴典雅。

游览完五国头城和慈云寺后，我们也到了江边，准备乘船返厂了。

太阳已经沉到西山的树梢上，淡黄色的光线映照着不高的山尖，一条江北的大道绕着山谷出现了昏暗的暮色。树枝上的秋叶抖动了一天，疲倦地睡了，我们三人踏着自行车，回到了工厂。

动力车间要安装厂区外的锅炉房了，锅炉房位于电影院的西侧，安装这台锅炉对于厂区外的俱乐部、招待所、车队、学校、公安分局的供暖都有极高的价值。安装锅炉时，我们水暖班、锅炉工段去了许多人进行了涨管、安装工作。“嘟嘟——”一辆汽车驶了过来，在厂区外锅炉房停了下来，车上的钢材铁管乱响，沉重的马达声在空中飘荡。我和张国良、杨常春都到现场进行了安装工作，回想起来真是令人兴奋。

不久，我调出了动力车间，张国良调到了河北钢厂工作，密山的杨常春调到了大庆。

我从抽屉里翻出了一本好久没翻的相册，封面都有些发黄、褶皱了。相册最后一页的夹层里，还有一张照片，我轻轻地拿出。照片上有我，还有张国良、杨常春……

一根汽车半轴

1976 年，我在兵团收获机械厂供销科工作，由于当时我们国家是计划经济时期，所有的货源需要国家计划分配，而我们厂处在山区，没有铁路，接送货物基本上都靠汽运拉回厂里。

我在工厂供销科钢材组做采购员工作，出门是家常便饭。12 月天气非常冷，因为有一份分割合同，需要我们到绥化物资供应站去分割提货。工厂在松花江的北岸，与古城依兰县隔江相望，地处小兴安岭山脉。有一条通往省城的公路穿厂而过，这条路就是进出兵团收获机械厂的主要公路。清晨，我来到汽车队乘坐司机康秉功开的老 1 号车出发了。

老 1 号车，是我们汽车队比较老的一台车，司机康师傅驾驶经验丰富，在车队是数一数二的好司机了。我们拉运货物，都喜欢和康师傅一同出门，他爱护车辆，对车的各部位保养比较到位，和他一同出门我们很放心，可这次出门，我们还真的出了两次“事故”。

汽车在行驶中，我们的车辆正加大油门一路向前，两三个小时后，行驶到了通河县地界，再往前就是木兰县地界了。突然，康师傅对车内传来的异常动静有所警觉，“小徐你听听，这是什么动静。”我静静地听着，一阵阵轻微的“噗哒哒”的杂音传进了我的耳朵，我急忙和康师傅说：“车子好像有声音。”这时康师傅赶紧把车开到路边停下，掀开发动机的盖子，在车内检查起来。我坐在车厢内，静静地等待着……

室外，公路被皑皑白雪覆盖着，被过往的车辆压得非常地平坦光滑，走在上面的车辆都要戴上防滑链子，才能稳定地穿行。风刮得地下的雪花打着旋儿，滚动着飘向远方。

“咣”，这时突然传来一声撞击声，整个车厢都晃动起来，我赶紧跳下车来，跑向车尾。眼前的一幕让我大吃一惊，只见一辆自行车摔在一边，一个农民打扮的男子趴在那里。看见我的到来，他赶紧爬起来，在起来的过程中还不时地揉着脑袋。

这时，我赶紧问道：“摔得怎样？”“没事！没事！”他答道。“你怎么撞到汽车上了呢？”我又问了一句，他答道：“没看见，骑自行车睡着了。”这时康师傅也跑到了这里，我们不停地问这问那，他一个劲地说“没事，没事”，边说边推着自行车上路了。

我和康师傅相互看了一下，庆幸这次没出大事。而我们的这台老 1 号车，也没出什么大事，只不过汽车风扇皮带坏了，康师傅很快就修好了它。

一切无事，我们又行驶在路上。

1976年9到10月份，全国计划物资调剂会议，在兵团收获机械厂召开，数百家协作厂及配套单位和物资部门来厂参加了会议，这在当时，无疑给工厂带来了极大的振奋，借着这次会议的东风，兵团收获机械厂又展开了五百台收获机的生产竞赛活动，为了保工期，完成收获机的生产任务，我们供销科开展了抢货源、保进度的活动。这次到绥化拉中板正是在这样的前提下进行的。

汽车行进速度很快。傍晚，我们的车开进了绥化物资供应站招待所。

第二天上班后，我开始办理分割手续，办完手续后，我们开车到了院内货场，吊车已经过来准备装车了，车很快地装好了，我们装完了车，康师傅看了一下说："没问题。"我说："走吧。"

汽车发动了，轰轰叫着，笨重的车身震颤着，晃动着，缓缓驶出大院。

这一天，我们非常高兴，喜悦的心情真是难于言表，当我们的车开出了绥化，我不禁在车内低声唱起了《兵团战士之歌》。

下午一点钟，我们已经行驶到了兴隆镇。这时，风云突变，起风了……12月，天气非常冷，路边的人们缩着头急匆匆地走着，我们的车面对着刮着的烟炮，边打着防雾散，边在缓缓地通过兴隆镇林业局。这时，汽车突然停了下来，康师傅跳下车，围着车转了一围，用脚踹了一下汽车轮子，丧气地说道："坏了，汽车半轴折了，我们到哪里去求援呢，谁能带汽车半轴呀？"

1976 年的兴隆镇，路的两边是一栋栋的平房，很少能看到楼房，在镇子上没有一台汽车，我和康师傅着急地走着、问着，我们戴的皮帽子忽忽地冒着热气，不停地问着一家又一家。这时，康师傅突然和我说："不行，我得回去发动车了，要不汽车会冻上的。"我说："行，你回去吧，我自己去问就行了。"

冬季的冷风肆虐着，北风夹着雪花像刀子一样抽打着我，我戴着皮帽子头上冒着汗，在快速地边走边问。兴隆镇不大，我从北开始快速地寻找，走到南头又向东问去，忽然我感到鼻子一热，手一摸，竟出了血，我边擦着鼻血，边不停地询问着。这时，我到了兴隆镇林业局招待所，这是一个不大的院子，正好在院内停了一辆解放牌汽车，据当地人说，这是清河林业局的车。看到了汽车，我非常地高兴，这也是我在兴隆镇遇到的唯一的汽车。在招待所的一间屋子里，我见到了驾驶员，当我把情况说完，驾驶员说："正好车里有一根备用的半轴。"驾驶员把汽车半轴拿出来，我赶快办理托收，办好后，交给了清河林业局的汽车驾驶员，我连忙不停地说："谢谢，谢谢。"驾驶员说："这是应该的，出门在外，什么情况都可能出现，快走吧，天要黑了。"当我扛着半轴返回时，晴空雪地发出清冷的寒光，风已经停了。我回到我们停车的地方，把半轴交给康师傅时，天已经渐渐黑了，只有一群群放学的孩子和民房亮起的灯光，我们的老 1 号车停在那里，发动机在不停地呻吟着。

12 月的四五点钟，天已经黑了下来，为了修车，我们求助正在放学的孩子们，只见两个孩子听到我们的求助，赶快跑回家中取来了手电筒，其他几个孩子一直在我们身边陪伴着我们，直到康师傅把车修好。望着冻得发抖的孩子，我们不停地说："谢谢你们了，好孩子！快回家吧！"这时，我们赶快活动双腿、双手，防止被冻伤，康师傅发动了汽车，告别了兴隆镇。

四十多年前的往事，一桩桩，一件件，总是浮现在我的眼前。

与黑瞎子相遇

天空是一种透明的浅蓝色，凉爽得像看不见的细雨般落在这秋色中，成熟的大豆、玉米和工厂建设中的气息，在逐步飘来……

1974 年，兵团收获机械厂的施工建设，正处于建设期的高潮，一辆辆的施工车辆正在工地和料场中穿梭，一座座高大的厂房正在拔地而起，距离施工建设的关键期就要来临了。

而六个生产连队，迎来了兵团子弟校的毕业子弟，这批佳木斯的小青年被分到了厂工程连、良种站、一连，和早已来到这里的北京、天津、上海、哈尔滨等地的外地青年、当地青年汇集在一起，将要迎接新的工作和生活。

一连紧挨兵团收获机械厂，过去叫六里坑屯，现在这个地名很少有人叫了。这里的位置坐落在松花江北岸，位于小兴安岭山脉，地形多丘陵，土地多山坡、岗地与林地，时常有野猪、狼、狍子等野生动物的出没。

到了秋收的季节，土地里生长着大豆、玉米长势喜人，一片丰收的景象。

各排各班独自忙着，秋收的秋收，修路的修路，人们还感到面前的空气犹如掀动帆布一样一起一伏，有沉闷滞重的响声在空气里藏匿着。

分到农工排的郝辉、徐明仁、王革、晏铭和当地的刘风海、井绪德等人在清理场院，准备迎接新粮到场。

机务排收获机驾驶员、拖拉机驾驶员正在检修机械，准备秋收下地。铁牛驾驶员吴跃河要去二龙山地号修路，所以带着农工排安排的几个人一起出发了。

天空晴朗，偶有几朵云彩飘过，把天空擦拭得像一面镜子。镜子里的玉米地、农工班的人，忙碌，喜悦，组合成一道鲜亮的风景。

吴跃河驾驶的铁牛上了山，到了二龙地号的田间道上，开始了修路，当修到一块玉米地时，被眼前的景象惊呆了，只见成片的玉米横七竖八地倒了一片，看眼前的情况，很可能是野猪祸害的。吴跃河插空回来拉沙子时，把看到的情况向连长进行了汇报，连长正和农工排的人在清理场院，听了吴跃河的报告，他考虑一下说："把看地的任务交给后勤佳木斯的小青年。"

这时，他看到在清理场院的郝辉对他说："小郝，你去把孙惠找来，我有任务要交给他。"郝辉答应一声说："好。"孙惠分配在食堂，原来这几天他接任了后勤的司务长，在清理账务。听了郝辉说连长有事找他，就急忙放下手中的活，和郝辉一块到了场院。

连长见了孙惠，语重心长地说："我们二龙山的地，玉米已快成熟了，野猪又来糟蹋，现在大家工作都很忙，只有把它交给你们来看着，遇到野猪放枪，枪一响野猪就跑了。"随后又说到："今天，你和跃河去看看，在林子树上搭个窝棚，注意安全，随后我再派人轮换你们回来，咱们这有民兵训练的枪，把枪拿好。”

孙惠是佳木斯兵团 618 学校的毕业生，人长得清瘦，但十分机灵，这次听连长的一席话，心里特别激动，他心中暗暗地说：“绝不让野猪来糟蹋玉米地。”吃完午饭，带点吃的，下午跃河就驾驶铁牛上了二龙山。

二龙山这块地号，是穿插在两块林子之间，是野生柞树林子，柞树有十多米高，夹杂着桦树及其他野生树种。他们到了之后，就沿着地号巡视，在观察中他们发现地里的兽印都是在北边的林子中穿过的，这个兽印有大有小，一直延伸到玉米地中。

看到这，吴跃河说：“你要看好地，必须要在这柞树林子上搭个窝棚，这个窝棚必须要搭得高一些，保证你的自身安全。”说完后，他们两人在这个兽印经过的道边上，利用柞树搭建起了一个住得下一个人的窝棚。孙惠看了看窝棚说：“可以，前后视线都清楚，行，我就先在这住了。”说着，从车上拿下了馒头、菜，又把枪递了上去。

吴跃河说：“那我就走了，明天我再来。”车开走了，孙惠在山上静静地观望着……在山坡的树丛中，居高临下地盯着这块地。树林似狰狞的巨人般站着，树叶的罅隙好像有千百双小眼睛，错叠成一堆密集的黑影，整个山林中静得出奇，像是等待着什么……

夜静得出奇，月亮正悄然升起。孙惠在窝棚里待得心里发闷，开始是紧张的心情，一会就不紧张了。夜静了，蚊子也上来了，嗡嗡地叫着，一巴掌拍下去，一把的血，他赶紧点着烟，紧张地抽着……

九点多钟，玉米地传来咔嚓、咔嚓的响声，那声音惊人，终于来了……“我叫你吃，叫你祸害。”孙惠把子弹推上膛，朝着响声的地方“叭叭”地放了两枪……接着听到一阵阵轻微的摩擦声，逐渐消失了。

第二天早上，七点多钟，吴跃河开着铁牛上来了……孙惠和吴跃河开着铁牛沿着地里走着，除了晚上那“咔嚓、咔嚓”的几声压断玉米秆的声音外，并没有发现野猪的迹象。

他们就这样白天回去，晚上来到这里。已经连续两天，没有任何动静了。

这天在农工排的宿舍里，郝辉把听到的附近林场套黑瞎子的故事讲给大家听。

在清河林业局，大古洞沟林场，为了防止黑瞎子光顾周边的玉米地，有人就在周边安放一些套黑瞎子的套，有的是固定地绑在黑瞎子可能路过的树空中，有的是绑在一段木头上，放在接近玉米地的灌木林里。

这一天，真有一个黑瞎子被套住了，没跑多远拴套子的木头就被卡在了树孔中，黑瞎子怎么挣扎也无法逃脱。消息传回林场，第一个获得消息的李某人兴冲冲地拿起猎枪，填上麻醉弹上膛直奔事发地。到地方一看，黑瞎子还在奋力挣脱，李某人举枪对着黑瞎子扣动了扳机。枪响后，黑瞎子起身跑了！原来巧了，李某人把子弹打在了套子和连接处上，把套子打断了，白忙活一场。

郝辉讲完故事，看着孙惠说道："咱们看地，认真看就行了，过两天就收割玉米了，把这两天守好就行了。"

第四天农工排里，郝辉、徐明仁、王革、晏铭都说想替他一下，每天晚上宿舍的窗户溢满了月光，而在林子中过夜的孙惠不知这佳木斯的小青年思念的心情。这时孙惠说："要换，我们后勤早就要换我了，但是我了解情况。究竟是什么东西，我都没看到，我一定要把它弄明白。"这时，连长走过来说："大家放心吧，孙惠决心挺大，就让他去吧。"郝辉这时插嘴道，"别是大古洞套跑的那只黑瞎子跑过来就行啊。"徐明仁说："你这张乌鸦嘴，怎么说话呢！"大家一片笑声。

五点多钟，铁牛送孙惠上了山，就离开了……

孙惠拿枪走进了玉米地，横七竖八倒下的玉米还是照样地躺着，大片的玉米在微风吹拂下摇晃着，过几天就要收割了，我的任务也将完成了。

孙惠围着玉米地转着，他心里想着该回去了，上窝棚里休息一下……

天快要黑了，周围的柞树林子，在夜幕将要到来之际，阴森可怕，那山风吹拂树林传出阵阵吼声，远远看去，像千万头野兽在狂舞。他背着枪，往回走着，再有十多步就要到窝棚了，猛然间似乎看见了一只大黑瞎子，在林子里沿着道路正在向前走着。虽然林中茂密，树叶子的形状和颜色都和这一切这么相似，但是，它确实走出来了，郝辉讲的故事重现了。

真是“说曹操，曹操就到”啊。这时，黑瞎子也看见了孙惠，距离黑瞎子大约五米的地方，他们相遇了，他想躲也来不及了，说声迟，那声快，只见孙惠端枪就是“叭”一声！真是“初生的牛犊不怕虎呀”！黑瞎子双爪立起来，猛扑过来，这颗子弹，正打中它的前爪。孙惠打了一枪之后，忙说，“不好，需要冷静”，赶紧上窝棚。孙惠趁黑瞎子中弹的一声吼叫，顺便躲在了一棵小柞树边，借势把这棵小柞树压到了90度的位置，借黑瞎子又一次前扑的机会，把树放了出去。黑瞎子猛地扑向了柞树，而树后面的孙惠借此三下五除二地扒上了窝棚。

黑瞎子彻底疯了，围着窝棚狂叫着……孙惠这时把枪端好，稳定了一下情绪，借黑瞎子恼怒想把这树上的窝棚扑掉之际，他瞄准了黑瞎子的前胸“叭、叭”两枪，黑瞎子应声倒地，再也起不来了。

在窝棚里，孙惠端枪居高临下，静静地望着黑瞎子，担心黑瞎子会醒过来，继续向他进攻，时间一分一分地过去，直到等了二十多分钟，他才下了窝棚径直跑下了山，直往连队跑去。

在连队宿舍里，他把这一消息告诉了大家，大家高兴起来。郝辉、徐明仁、王革、晏铭立即出发，吴跃河发动机车，上山带上绳子，带上蒙头，把黑瞎子绑了之后，拉了回来，上交给了清河林业局。

在连队里大家纷纷称赞孙惠：“这小伙子临危不惧，好样的！”

如果是在今天，野生动物是国家的宝贝不应当打，可是在当初，为了保护玉米地，偶遇黑瞎子，打伤后拉回，大家是多么地欢乐。

第二天，二龙山的玉米地开始收割，收获机的下地滚筒在飞转，一车一车的玉米在铁牛、汽车的装载下开始进场了。

兵团收获机械厂正式剪彩了，一台台五七 2、5 联合收获机械下线了。郝辉进厂当了工人，徐明仁、王革、晏铭参了军，孙惠到学校当了人民教师。

春天在一夜之间把绿色铺满了大地，有人听见了一声清脆的布谷鸟叫，抬起头，飞来的柳絮便飘落在了大地。

一段段的往事，是那样的甜美；一段段的往事，是那样的迷人。

夜寻森林采伐点

今天，这儿只是一片荒野。到了春天，大地深处的温暖开始缓缓地朝地面升腾，这儿就预先有了绿色。去年，枯萎的迎春花枝藤，忽然又有了润气，泛出薄薄一层青色，在一片干枯中并不如何耀眼。可是，猛然之间，无意地扭了一下头，就看见一团浓荫下摆着一块、几块的青石板。望着那边一朵、几朵的迎春小花……

“时间像穿越一样，想想那都是四十多年前的事了，当时我在兵团收获机械厂供销科，为了工作需要，我进入了原始森林采伐点，寻找我们厂车队运送木材的两台车给他们送去配件……”从方正县往南，已进入了高楞林区。我和老 1 号的驾驶员老庚，开着这台解放牌汽车，沿着运材的林间道路在艰难地行走着……

一夜大风，所有的虫鸣都无声无息，只有树木在痛苦地叫个不停。荒野在林子里边，虽然受了许多遮护，可也还是整整一夜摇摆不断，嘶鸣呜咽。风已经停了，可许多高高的蒿草都被拦腰刮断。刺角芽的芒刺，扎在花花菜粉软的叶中。蓑草的叶儿，大都耷拉在它的脚下。

天渐渐黑了下来，森林里变得很阴暗，也变得冷起来，我不禁打了个寒噤。

这如同鸟婴没了窝，冻得寒寒瑟瑟，躲到母亲的翅膀下面。又见一只大鸟，从嘴里发出一种断断续续的悲戚鸣叫，像黑纱样在天空中飘来拂去。

这采伐道仍然没有边际，坑坑洼洼的林间路既窄又漫长无比……

今天早上在哈尔滨市装货时，供销科的同行老康接到了家中车队的长途电话，说我们返回时务必捎带四根风扇皮带和一盒火花塞，送到方正县高楞林业局黑瞎子沟采伐点，有两辆车急用，老康已买好了货，让我们赶快动身。

肯定是急事，这样我们装了 70%的二类机电产品，急忙上路了。

车辆在哈尔滨市到方正林区的路面上行驶，到了方正林区南转，我们进入了林区道路……

没想到在一个路口，我们走岔了路，沿着一条路走了下去，没想到路况非常难走，左扭右扭汽车竟抛锚了。

怎么办？回高楞林业局，再要返回这几十公里，这太不合算，而且车队的汽车正等着这些材料用呢，我和老庚商量一下，他在这看车，我带着东西退回去沿着森林采伐道路往前走，找到黑瞎子沟，等我们车修好后再来接他。

时间紧迫，我不能再耽搁了，前面是一片黑压压的大森林，在这大森林里，前不着村，后不着店，要走到什么时候呢？而且，在这种夜晚的森林里，随时都可能碰到什么野兽，待我衡量后，觉得还是走为好，不用想那么多，往前走，也许还能碰到别的车队或森林里的房屋。

这时，天已经完全黑了下来，我沿着采伐车的道路，背着材料在行走着。路的两旁，森林矗立着，层层叠叠，像两堵墙似的。这里，大都是那种高大的白杨树、桦树、柞树林与松树。远远近近，不时传来森林中所特有的那种树涛的声音。路穿过林子向前延伸，森林里，枝叶交织，原来是看不到天空的，因修了采伐路，砍掉了一些树，路面上，才显出一线天空来。今晚，月亮还没有露面，繁星点点，天空明净如镜。

我走着，一边注意听着，有时，在呼呼的树涛声中，夹有一两声拖长的狼嗥。在这渺无人迹的森林间，听到这种声音是有些骇人的，但听多了，心里也就平静了。

不知走了多远，我又坐在路旁休息了一会儿，这时，水壶里的水早已喝光了，口渴得厉害，多么希望能找个有水的地方！

我起来继续往前走，一边走，一边留心察看着路旁有没有小沟和泉水。但走不多远，在树涛声中，我便仿佛听到哗哗的流水的声音，初以为听错了，但越往前走，这种声音也就越清楚，不久，我便走到了这条水流的近边。原来，这是一条三四丈宽的小河，宽宽的石桥从上面跨过，水流是穿过森林从远处流下来的，水流甚急，发出很大的声响，站在近边，树涛的声音也被水声盖住了。

在森林里行走，有时会长久地看不到水，看到这条小河，我真高兴，便跑到水边，将水壶满满地灌了一壶，这时，我已经做走到天亮的打算了。

但当我回到桥上，忽然，我记起曾有人对我说过，在森林里，桥往往是有人看守的。这给我一线希望，心想：如果有人看守这座桥，附近肯定会有房子，这样黑瞎子沟就好找了。我便四面寻找，果然，当我走过桥去不远，在一处比较稀疏的林子之间，我看到了一点忽闪忽闪的光亮，我高兴得几乎跳起来，便追随着这点光亮寻去。

离开路，踏着腐烂在地上的落叶，拨开那一层层交错的树枝往前走。走进树林，我才看见，这里原来是一片茂密的杂树林，除了松树和桦树之外，还杂生着白杨树和柞树，林间发散出一种带潮的混合香味。

我在树林间蹚行了一会，便走到一条小路上了。沿着小路，走不多远，便来到一片林间的空地上。靠近空地的另一面，有一座用木头砌成的低矮的小屋，灯光就是从这所房子的窗口照射出来的。

我穿过空地，平地上有着一层软软的像是毡毯一样的青草。我急步向小屋门口走去，不时被残留在地上的树墩绊一下，看来，这块空地还是新开辟出来的，因此，树墩还没有被全部挖掉。还没有走到门前，却使我着实吓了一跳，一条黑色的猎狗呼地一下从屋角扑过来，并且大声地吠叫。我正要放下东西拾起一根树枝抵挡，这时，小屋的门“呀”的一声开了。

我听到一个低沉的声音招呼道：“小黑，什么事？”

我赶紧答话说：“我来寻找黑瞎子沟，兵团收获机械厂采伐车队的车坏了，我是来给他们送配件的。”

这时他招呼我说：“不要站在外面了，进来说吧！”

我跟着那人走进了屋里，他把灯放回那靠窗的桌上，拉了一条凳子让我坐下，这时，我才看清他的面孔：带着一些深刻的皱纹的紫铜色的脸膛，一束短短的花白色的胡须，原来是位老人。

老人在我身旁的凳子上坐下，询问我从哪里来，为什么这么晚还在森林里，我告诉了他。他一听我是兵团收获机械厂来送配件的，马上就热情起来，说：“呵！我知道，你们是兵团的小战士，昨天，还来了二十多个修路的，把我们门口的路都修好了。人都挺好，把我们门口的树墩都清理干净了。还来了几辆汽车，他们住在黑瞎子沟距这二三里路的木头房里。”

听到老人说到这里，我心中十分高兴，连忙说道：“谢谢，谢谢！”

老人又说：“如今森林里热闹起来了。看来，往后野兽们要找个安家的地方不容易了！”说着，我们两人都不禁笑了起来。

这时我对老人说：“对不起，老人家，我要走了，因为有急事，我得把配件赶紧送到车队那去，好让他们赶快修车，别耽搁了明天出车。”

“那你知道在哪里吗？这个黑瞎子沟，住着三支采伐队，虽然不远，但是黑灯瞎火，你又不熟悉道路，别碰上野兽呀。”老人接着说，“来，我和小黑给你带路，说着拿起了猎枪，出了门。”

风在这森林的头上逞着威风，整个林子都被它抖动起来，森林上面，好像有千军万马擦着林梢奔腾而过，发出一阵阵骇人的呼啸。

在老人和小黑的带领下，我顺利地来到了黑瞎子沟兵团收获机械厂采伐营地，到了营地，我们刚想开门，这时门开了，从里面走出了一个人，顺手倒垃圾。

这不是侯国光嘛，我高兴地叫了起来：“国光。”

这时，侯国光抬头望了望，看见我们，忙高兴地喊到：

“永星，你怎么到这来了？”

老人看到这，说声：“唉，不是一家人，不进一家门呀，好了，送到地方了，我也该回去了。”我对老人说：“我们都是同学，在这又碰到一块了！”老人说：“既然碰到了同学，那好啊，今天早上我和你的同学们还见面了呢。”

我们俩一起送走了老人家。

进了屋，张豫清、姜克义、刘喜仁、金成哲等十多个同学都在这里，他们不停地问这问那。

这时侯国光说：“车队的人和我们住在一块，有两辆车就在这，已在这等两天了。”

侯国光接着说：“我去喊他们。”我说：“咱们一块去吧！”到了隔壁，车队的两个驾驶员，听说我来了，也都起来了，我把来的过程讲给了他们听，并说道：“今天晚上必须把车修好，明天其中的一辆车和我去牵引老1号车。”

这时，下弦月已经升起，穿过林间空地上的空隙，将它的银白色的光亮铺到屋前的地上，然后，慢慢地爬过窗户，照在窗前的床上。

侯国光看见月光，连忙说：“很晚了！睡吧，你明天还要赶路呢！”

我迷迷糊糊地入睡。

清晨，我仿佛听到户外传来一阵隆隆的声音，于是起了床。吃完饭，我们给老康带了些肉和饭，嘱咐侯国光给看桥的老人也带些肉。并和同学们道别，上了车，我们直奔老 1 号车抛锚的地方驶去。

流火的七月

七月流火，地面生烟。虽然我们处在北方，但夏季格外炎热,回想在20世纪70年代的兵团收获机械厂的锻造车间，只有晚间才有一丝丝凉意。

由于天热，厂领导决定晚间不安排任何活动，让工人们有充裕的休息时间，以便消除一天的疲劳。

每天晚上，宿舍楼的广场上，篮球场、足球场、羽毛球场，都聚满了欢乐的青年们。在球场的旁边，是一个休闲的花园，一些师傅沏上一壶好茶，手里摇着蒲扇，悠闲地下着棋，还有一些年轻人，他们搬了椅子，坐在白杨树底下谈天说地。

这个时间，正在家中的车间安主任，眉宇间出现了少有的深深的皱纹。这两天，他总在想：一向名列前茅的锻造车间，这月上旬的生产调度会上，他们车间的进度为何下降了？他凝神深思，车间生产的防暑降温工作，应当作为主要工作来抓一下了，决不能影响收获机的零部件加工进程。

想到这里，他走出了房间朝着广场的方向走去。

一些年轻人见他来了，都忙起身让座。

安主任迅速地巡视了一下，人群里面，锻造车间的工人一个也没有，便问：“怎么没有锻造车间的工人呢？”

“到车间去了。”

“干什么去了？”

“刘鸿师傅也来了，他说趁这时凉爽，干活去了。”

这时，有个年轻女工欢快地嚷道：“听，刘鸿师傅他们来了！”大家抬头看，宿舍拐角处，刘鸿师傅一行五人说说笑笑地过来了。

离安主任还有十多米，刘鸿哈哈笑道：“我的话没错吧，你们看，这不就是安主任吗？”

“刘鸿猜得准。”来到安主任面前，一位年轻小伙说，“他说安主任在这乘凉呢，果真没错！”

“我一听声音就知道。”刘鸿师傅在一个石头上坐下说，“要不是安主任在这，哪有这么热闹！”

“刘鸿，”安主任把一杯工人们给他的茶递给刘鸿师傅，问道，“厂里关于防暑降温的通知你们看了吗？”

“看了。”

“那为什么还要去加班呢？”

“不算加班。”刘鸿笑着把茶杯放在地上，忙解释，“安主任，政策都是好政策。只是这两天天气太热，白天车间像闷罐一样，大家都热得非常不舒服，上旬我们不是没完成计划么，晚上凉爽些，我们去赶一下收获机的大皮带轮和无机变速盘的进度。”

“安了降温设备不行吗？”

刘鸿说：“虽说装了几十把电扇，一开起来嗡嗡声像打雷一样，风都能把人吹倒！可是一开始浇注，就又要把它们关了。”

“为什么呢？”

“不关不行呀！风大了，你还没有浇注，铁就氧化了，这怎么能行呢！再说，电扇那玩意儿还有一个大毛病，笨头笨脑的，一点也不灵活！吹了这边吹不到那边，能解决什么问题。”

“如果不用电扇，防暑降温如何解决？”安主任问。

“办法倒有，就怕没有这个条件。”一位小青年答道。

“什么办法呢？”安主任盯着他问。

“依我说呀，把车间的墙都筑成夹心的，房顶盖上石棉瓦，像保温瓶一样，就把外界的热隔绝了。”

“谈何容易！这要费多大工夫呀！”

“我就说条件不具备嘛！”

大家都哈哈大笑。

“依你的意思呢？刘鸿师傅。”安主任又问。

“依我说呀，用不着大改！只用几块保温被、几根铁管，用软管把它连接就行了。”

“怎么个搞法呢？”安主任很感兴趣，急忙问道。

“简单。把冲天炉的炉门口都给它挂上保温被，再横着管子，管子上多钻些孔，让水不断往保温被上淋。这就像门帘一样，把火都关在炉膛里了，不管它热气多大，也透不过来，浇注时也采取同样的方法。”

“妙！”张师傅一拍大腿补充说，“再在冲天炉边挖个坑安上水泵，水还可以回收使用，真是两全其美！”

“炉子的温度倒解决了，可是，浇注时又怎么办呢？还不是一样烤人吗？”安主任又问道。

“这就无关紧要了。”刘鸿师傅忙解释，“只要炉膛里的热气不出来，室内温度就减了一半，浇注时除了配备保温被，再用一把小风扇就行了，不会受影响的。”

“刘鸿师傅，这样好的方法你为什么不早说呢？”

“我怎么没说，只是有一些人没听进去，再说，也需要试验一下。”

安主任接着说：“刘鸿师傅，我们去试试看，好不好？”

“好！”刘鸿师傅一跃而起。

于是，安主任和刘鸿师傅在前面，后面跟着其他的师傅，大踏步地朝车间走去……

我所熟悉的造型师傅刘鸿

那年我毕业被分配到了兵团收获机械厂良种站务农，一年之后，我被选拔进了工厂。

来到工厂，我被分配到铸造车间。车间的安主任把我领到造型一班，工人师傅们非常热情。当时一部分师傅正在造型，还有部分正在清沙，我一到，大家立刻都站了起来争着和我说话。紧接着又开了小型欢迎会，兴高采烈地欢迎我。

第二天，我很早起了床。其实这一夜我根本就没合过眼，兴奋得不得了。直到天色微明，才算闭上会眼睛。可刚一朦胧，很快又醒了。

在食堂吃完早饭，我就去上班，听说今天就要“拜师”了。走进车间，大家还没来，偌大的车间里这时显得格外寂静。进入厂区后，想着入厂后这几天的事情，又看着车间生产进度墙报，感到这里就是与连队不同。

突然，从车间的角落里吱吱地射出一片强烈的电焊弧光。待到弧光一消逝，我才发觉，那里还蹲着个人！挺大个面罩戴在头上，遮住了他的脸，辨不出是哪一位。看他那聚精会神的样子，显然也没察觉有人进来。

也不知过了多长时间，人们陆续到岗了。大家热烈地谈论着我听不太懂的生产上的话。这时，年轻的班长过来，用热情的目光看了我一眼。然后，把头一甩，朝蹲在那里电焊的人大声喊道:“刘鸿，你过来一下！”

只见刘鸿放下手里的焊枪，抬起面罩，朝这边望了望，弄清是在喊他之后，慢慢地站起身来，舒展一下腰背，这才走了过来。

“给你个徒弟！”还不等刘鸿走到跟前，班长便冲他大声喊道。

我心里想：甭问，这位就是我的师傅了。

我正想着，刘鸿已经走到我面前，对我憨厚地笑笑，大概这就算是见面礼了。为了礼貌，我也连忙做自我介绍，表达了要好好学的决心。我的话音还没落，他就打断我的话说:“别客气，要互相学习才行。”他讲话的时候，嗓音有点重，讲得很慢，但有力量。“我姓刘，叫刘鸿。”他看了看我的脸，似乎觉得我更年轻些，又说，“咱们岁数都差不多，你就叫我刘鸿吧。”

从这以后，我就叫他刘师傅了。有一次他对我说，不要带“师傅”两个字了。我也不和他争辩，还是照样称呼他刘师傅，觉得人家毕竟比我入厂早。久了，他也就不在意这些了……就这样，他成为我的第一个师傅。

刘鸿平时少言寡语，但在工作上精益求精，认真负责。

他耐心地指导我，嗑芯子的时候，芯铁上要抹上白土水，这样砂子才粘得牢。他告诉我，不要把芯子嗑得太硬，否则要呛，又告诉我，松了也不行。有时我不耐烦了："差不多就行了呗！"碰到这个时候，刘鸿师傅就亲手做给我看：他把我嗑的芯子毁掉，认真地重嗑一个，直到我满脸通红。可他从来没有直接批评过我，只是在过后严肃地给我讲产品质量的重要性。他一心想着工作。但有时我觉得他有点怪：不论干什么，他总是那么慢腾腾的，走起路来，好像这只脚不太稳，说啥也不会抬起另一只脚，好像火上了房，他也不带着急的，他这股稳当劲，实在叫人琢磨不透。

有一天，我想说："刘鸿师傅，你走道为啥这样慢呀？"但见他头也不抬，全神贯注地在电焊机旁焊活，我只得把要问的话又咽了回去……

这天，我们中午在车间吃饭，安主任提着饭盒走到我面前，我们便边吃饭边攀谈起来。无意间他问我："你师傅的腿现在怎样了？"我茫然地反问道："我师傅的腿咋啦？"安主任一怔，猛然笑道："哦哦，他是不会对你讲的。那是在安装冲天炉的紧张时候，工人们加班加点的工作，各项指标和进度均达到了要求。一次在吊装设备中，出现了偏离，为了保护工人、保护设备，刘鸿师傅的腿不幸被砸伤。他瞒着同志们，忍着剧痛，顽强地坚持工作，在车间奋战了整整十六个小时，顺利地把冲天炉安好，而刘鸿师傅的腿从此落下了病根……”

听了安主任的介绍，我恍然大悟：怪不得刘鸿师傅走路缓慢，我第一次明显地感到自己身上比刘鸿师傅缺少些什么。

自从知道实情后，我再听着刘鸿师傅慢条斯理地讲话，看到他一步一步不太灵活地走路，不知怎的，总有一种说不出的感情从心底油然升起。

接着就发生了一件事情，让我久久不能忘怀。

有天开炉，整个车间里沸腾着：炉声吼啸，铁水翻滚，人声鼎沸，气氛紧张而热烈。

我们车间马上就要浇注收获机——无机变速动盘、定盘、皮带轮、轮毂等一大批部件了。灼热的铁水，挤出炉嘴，涌出铁槽。起初，是缓缓地流动，铁水在出铁槽里翻滚着，烟团和火焰在出铁槽上空飞舞，逐渐地，就仿佛是一匹放纵奔驰的火红烈马，欢腾狂跃，一路咆哮着“哗哗”地流入了巨大的铁水包。顿时，一卷卷火花腾空而起，在半空里绽开。真是绚丽多彩，光辉夺目！随着噼噼啪啪的炸响过后，转眼间，空中的火花又纷纷撒落下来：如落英缤纷，万花纷谢……

这场面，我虽然见过几次了，但还是情不自禁地被这奇光异彩给惊住了，一边观赏，一边赞叹。

吊车已轰隆隆地开了过来，准备随时吊起那个巨大的铁水包……

就这样，我们工作了一班又一班。生产的收获机件堆得像小山一样，经过打磨转入下一道工序。

一天，在工作时，持续的高温使炉底的一处发红，到后来，其中的一块竟被熔化了！铁水滴滴答答地往下淌着。当炉前师傅发现时，铁水已淌成了一条线。

“大炉穿孔啦！”那位师傅见耀眼的铁水直泻而下，急忙大喊。

这一声如同炸雷一般，人们慌乱了，但很快又冷静下来。所有人都清楚地知道：如果堵不住，我们昼夜奋战的果实就会付诸东流，收获机部件就要受到严重损失！

听到喊声，我才如梦方醒。发现自己连保护镜和手套都忘了戴，于是撒腿就往工具箱处跑。没出两步，就见迎面飞跑过一个人，还不等我看清是哪个，那人已愣冲冲地奔了过来，擦身而过把我撞了个趔趄。我急忙让开路，定神回头一看：正是刘鸿师傅！只见他脚下生风，行走如飞，这一反常态的变化使我非常吃惊。他头也不回，飞似地朝冲天炉冲去。

我也顾不得注意这些了，找到保护镜和手套，也跑向冲天炉。

冲天炉附近已经围了好些人。一炉三四百度的铁水，别说是堵，就是多看上一会，都会被烤得两眼生疼。红色的铁水流到地上，土都着啦！站在好几米外，烤得人直捂脸。师傅们却毫无惧色，奋不顾身地全力堵漏炉，我也慌忙抄起一把铁锹。

到处是浓烟和火，呛得大家不住地咳嗽，烤得人们不停地擦汗……透过烟火，我看见炉底下已钻进去了一个人，我的心一阵紧缩。只见那人半蹲着身子，大声吼着向人们要什么。透过火光，我发现他没戴手套，也没戴保护镜，可是两只眼睛却瞪得溜圆，那双赤裸裸的手不停地从人们手中接过已经和好的黄泥，拼命地向漏处堵去。

看他那迅速敏捷的动作，我真不敢相信，他就是我的刘鸿师傅，在那火光中闪动着的熟悉的身影。

刘鸿师傅飞快地接过人们传递的黄泥，又飞快地堵在漏处。无情的铁水还不等他转过身去接下一把黄泥，就把刚刚堵上的一点点冲开了。再堵上，又冲开了。漏孔越来越大，周围的温度也在急剧升高，我站在外圈竟然被烤得汗流浃背，气喘吁吁，炉底下的人是何滋味就可想而知了。刘鸿师傅和再次冲上去的两个工人，紧紧围住漏孔，与铁水展开了激烈地搏斗。一分、二分……五分、十分过去了，漏孔终于在逐渐缩小……

安主任正在开会，听到消息急匆匆跑来了。他一到，二话没说，哈腰就钻进炉下。

安主任接过人们刚刚找来的一块板子，立刻有人把很大一块黄泥放在中间。安主任把木板的一头伸给刘鸿师傅，他们一边一个，各自用自己的肩头扛起木板，那大块黄泥正好堵在漏处。

铁水不流了，安主任和刘鸿师傅铁铸般地站在那里。忽然，我发现刘鸿师傅脚下蓦地冒起一股黄色的浓烟，接着就飘来刺鼻的味道。啊，是他的鞋烤着了！我急得团团转，几次想钻进去告诉他，但一靠近，立刻就会感到透不过气来。我只得站在原地大声喊着："刘鸿师傅，你的鞋着啦！"

刘鸿师傅动也未动一下，两脚牢牢踏在那里。显然，他是在用全身的力气支撑着那块木板。急中生智，我慌忙撮了一锹干土抛到他脚上。这时，几个师傅冲上去，很快把漏炉修补上了。

漏炉堵住了。铁水又欢腾狂跃，一路咆哮着"哗哗"地流入铁水包。一卷卷火花又腾空而起，蹿入空中，在半空中绽开……然而，我想着刘鸿师傅的伤势，无心观赏。

刘鸿师傅躺在班里的长凳上，我看见他的脸烤伤了，手烧伤了，鞋子带下片片的皮肉，剧烈的疼痛是可以想象的，但他却不吭一声，安静地躺在那里！

这就是我的师傅刘鸿，这种顽强的毅力实在叫人佩服。

1978 年，我返回了佳木斯，又开始了新的工作，条件变化了，生活环境变了，但是和刘鸿师傅一块工作的经历却时刻在打动着我、激励着我，这种忘我的精神伴我一生。最近，已退休的我准备近期返厂，回访旧时的梦及旧时的伙伴！

两进机加车间

风惊醒了窗外的树叶。我看见房屋旁边那几棵柞树、桦树叶子开始下雨般地落在墙头。红色的墙头立刻就淌过阵阵的歌声……

一、一进机加车间

1979 年，大批外地知青开始返城了，留下许多重要工作需要有人交接。当时我在供销科工作，所以，到机加车间就任统计，离开机关，成了我工作的首要任务。

机加车间，也称金工车间。当时在工厂排第一车间，有各种的金属切割机床，包括各种车床、铣床、滚丝机、磨床、齿轮机、钻床、校整机等等。机加车间的主任叫党玉林，三十多岁。不认识他的人，只要在车间里找到个子最高的就是他。副主任吴殿臣，是个脸上长满麻子的人，四十多岁。

统计工作是领导的参谋和助手。每天下班前，各班组需要把班组日报及时填好，附检验单、调度开的胎具、零活等记录及时报上。其中，个人原始记录也要整理好。

然后，根据个人日报、班组日报、检验单、调度开具的各种记录，汇总到个人台账、班组台账等。每天查看工时定额、产品周转记录、车间调度、生产科调度，掌握产品的动态。利用工时定额，准确地掌握完成的工时情况，为发放工资、奖金做好准备。

把车间生产的各项数据，统计起来，找出规律，制成各种图表。为车间领导和厂领导提供资料。

统计工作是忙乱的、重复的。需要在这忙乱和重复中，找出规律性和内在性，干起来才会得心应手。

为了适应统计工作的需要，工厂要进行统计工作大检查。为了搞好统计工作的检查，首先，要搞好内部的工人建设，要把工人的个人、班组报表搞好。其次，领导支持很重要，车间的党玉林主任非常重视，亲自部署、带头抓、督促干。由于我们各项工作均到位，图表八项指标上墙搞得非常得手。在统计评比中得到了第一名。

在做好统计工作的同时，我还经常到车床、铣床岗位上当学徒。经过一段时间的努力，我终于可以单独操作了。

停电以后

在成排高大的厂房群中，第一排大而宽阔的厂房就是冷加工车间，也就是我们所说的机加车间。

在机加车间里，我平时最爱和李正宽交往。李正宽是云南人，是1958年十万转业官兵中的一员，是兵团四师四十二团施工留下的车工，现在是车间的材料员，平时在工作之余爱好自修高等数学、日语。

平时，我会和李正宽越过围墙出去玩，北面是北山，有许多的树和鸟，有开阔的田野，有扭绕如网的枝条，有经年的落叶和初萌的新叶，有树荫掩映的小路。

有一天上午，工厂停电了，厂房里一片漆黑。

这时，我走出办公室，叫李正宽到工厂门外去。李正宽手中正拿着日语书默默地读着，一步一步地走到室外。

“索马里列夫斯基。”喊的人正是麻自玉，他是1964年的北京知青，大六角车床的车工。他边叫着李正宽的外号，边走到室外。

李正宽看着麻自玉走来，也回了一句：“小男一雄，你来了。”大家哈哈地乐着。会计孟庆云揉着眼睛从办公室里走了出来，车工郎继忠一手拿着把车刀，也跟着从车间里出来，另一只手拿着布条，给孟庆云偷摸挂着，不知是什么原因被孟庆云发现了，冲着郎继忠大喊：“你这个该死的郎继忠，杨一群被你害苦了，这回你又来害别人。”

这时，跟进来的党主任说道：“郎继忠给孟庆云挂布条被发现了，还惹了一场灾难。”这时，观看的人逐渐多了，大家都乐了起来。

吴玉海说道：“在修理连开会点名：‘刚点杨一群，接着又点郎继忠，这帮人把‘羊一群、狼集中’，整到一块，那还有好啊。”大家哄然大笑。这时，电来了，大家赶紧走回车间，马达又响了起来。

为朋友看家

这年冬天很冷，快要过春节了，张风岐、钱飞雅（上海知青，辅助车间统计）请了探亲假，要回上海探亲。张风岐是我们在机关供销科时的伙伴，负责二类机电产品的计划，我们是好朋友。临走时，张风岐和我商量，想让我给他看门，屋里烧把火，别让自来水冻上了。我二话没说就答应下来。

冬天，白天很短，我早上起床就往回走，回到家里，赶紧吃饭，吃了饭就六点多了，车间七点上班，得赶紧上班去。

晚上五点多钟下班，在家吃了饭，就到张风岐家点炉子，烧火炕。吃完饭，天已经黑了。我沿着雪地上那条黝黑弯曲的小道，去到张风岐家。脚下踩出单调的雪声。

过了几天，我感觉到有些厌烦了。这时，突然想到我们车间车工李兆坤，想让他来和我作伴。

他在张风岐家住了两天后，突然和我说：“我不能住这了，这屋太冷了。”他看着屋内的温度计接着说：“明天如果达不到十度，我就不住在这了。”我心里想：“好不容易来了一个作伴的，走了哪行呀。”但我嘴上却说：“肯定能到十度，明天我来多烧点。”

第二天，还是如此，在车间上班比较忙，每天在各个机床间工作，有时车间工人让帮忙看一下机床，到下班时间都五点多钟了。我回到家里赶紧吃饭，吃了饭就赶快走，没想到李兆坤也到了，这怎么办呀，我灵机一动，赶快找来一根蜡烛点燃，偷偷地拿在手中，我先让李兆坤看看炉子。这时，我把点燃的蜡烛烤一下温度计，温度计上升到十二三度，这时我对李兆坤说：“不冷吧？”李兆坤看了看温度计，只见温度在十二三度，他说道：“今天的温度还行。”我溜到厨房，忍不住偷偷地笑了。

就在这天深夜，我做了一个梦，梦见了下雪，雪下得很大，北风吼叫，白茫茫的一片，我穿的衣服很少，冻得浑身发抖……

团组织与紧张的学习生活

风掠过松树林子的梢头，林子上空便一处接一处地响起了铮铮的弦音。山前的原野一片青绿，温柔地微微起伏，直到舒展在模糊的远处。

我是机加车间的团支部书记，不久，又被选为工厂团委常委。这样我在车间的活动场所更多了，而且经常参加厂团委组织部的各项活动。

在工作之余，我们经常组织篮球、乒乓球、排球交流活动。每天晚上，青年工人从宿舍、家中赶到活动场地参加活动，现场非常热闹。

工作之余，我们争求车间领导的同意，在“五四”青年节，我们组织青年去红石喇子爬山，参观抗联旧地抗联六军战地被服厂和医院，前辈们在和敌人的斗争中度过了艰苦的岁月。

1982 年中央电大首届招考中文专业学员，我报考了，参加考试的依兰县二百八十名考生中录取二十三名，我顺利地被录取了。我们把这种学习，俗称为上电大。

上电大，也很辛苦，每周三个半天，需要骑自行车去，有时乘公共汽车，因为到依兰的汽车不是很多的。

上电大，我们既兴奋又有一种使命感。经过了多年的自学，我在学习上有了质的提升。

记得刚上电大的时候，一次期中考试，也是车间月底汇总报表的时间。另外，又赶上搬家。几个事情碰到一块，真是有些焦头烂额。这时，车间要好的工人朋友们对我说：“你放心去学习吧，这有我们几个呢。”

最终，单位的工作我起早贪黑抓紧完成，工作没受影响，电大学习我也按时完成了。

时间轻快地过着，没有任何痕迹，没有任何声响，正像北山树林中的落叶，轻快地飘落着。

就在这时，我收到了厂组织部的调令，我调到厂办公室工作。

二、二进一分厂（机加车间）

雾霭奔涌着，升腾着，渐渐地挣脱了地面。农垦依兰收获机械厂在雾霭中逐渐现出来了。

包围着厂子的大山的底部也现出来了，横陈半空的雾霭，开始大块大块地碎裂了，转即变为浓重的云，白炽的阳光从无数裂隙直射下来，在山峦和坡田上，投下无数翠绿眩目的亮带子……

时隔三年，在厂党委机构人员调整会议上，我被调到一分厂（机加车间）任厂长兼书记，这样我又一次来到了机加车间。

一分厂（机加车间）的老工人，得知我要回到这里工作，他们非常高兴地欢迎我。我过去担任统计时，经常同大家一起开玩笑、讲笑话。所以，这次到车间来，大家都没有什么拘束感。

在班子的组建上还是比较顺利的。工厂调来一个副厂长杨广富，我提了一个副厂长丛殿成，两个调度安宝平、张来桥，又提了一个兼职的工人尹玉清做副书记、分厂工会主席

（工人兼职）由胡昆明担任，就这样整个领导班子齐了。

分厂整顿

1988年，由于农村实行土地承包制，农场实行家庭农场。在承包的初期，大型农业机械、收获机都成了滞销产品，而小四轮、拖拉机和小犁杖成了热销货。

而这些产品并不能成为养活工人的主导产品，必须靠企业自已找门路、找产品才能有生路。

我走访的第一家，是东北油嘴油泵厂（依兰），外协科长叫冯绍潭，是我电大的同学。

油泵厂（简称）的设备主要是小设备，生产油嘴和偶件。而我们厂是大设备，以普通C620车床、140车床、大30车床、六角车床为主。这样我们就有了交换条件，互相为对方提供生产的产品作为交换。

由于我在机加车间从事六年的统计工作，所以对分厂的计划成本还是比较熟悉的。

我当时把计划成本从头到尾看了一遍，做了一遍成本分析。做完分析后，我是这样考虑的。

第一是外协工作，取长补短。比如，我们生产的四轮对丝，我们的生产成本是按照普通C620车床，制定的单价是二十至四十元。而油泵厂生产的四轮对丝，是按自动机生产的，成本是三角六分。这样的产品我们就可以交换。类似产品有几种。

第二是在内部做工作，从自身找原因。如地轮半轴，在车间生产上需要六天，从车床、铣床、钻床、到钳工的成本只有三十六元，工时定额算得不准，需要找工艺科重新核算。我们到清河林业局、浩良河化肥厂等单位联系外加工件，来满足车间的生产。

根据生产和劳动纪律情况，我们发现迟到和早退现象比较严重，有许多学员旷工严重，特别是在连队的学员，受农忙的影响而耽误工作。根据上述情况我们重点抓了如下工作。

第一，召开班前会，由分厂的厂长、副厂长、调度根据厂的生产情况，定期把任务、指标、进度、落实到班组、个人。让大家清楚目前的任务情况。

第二，定期组织副厂长、调度、副书记进行查岗。检查劳动纪律，定期汇总劳动纪律情况。通过检查，把劳动纪律与生产经营结合起来，形成遵守劳动纪律光荣，破坏劳动纪律可耻的风范。

第三，对于那些没有高中学历，突击进厂的二十多个初中或者连初中学历都没有的人员，根据厂规旷工达到一定天数的，坚决辞退。

在一分厂辞退部分学徒工的时候，厂里部分人员纷纷托人、托门路进行说情，我在分厂明确表示，辞退就是辞退，决不能讲人情、托门路，人就回来了。

通过几次较量发现的问题都解决了。在今后的工作中，工作比较顺利地开展起来了。

生产会战

保证生产是我们作为机加件的生产前提。

厂里召开生产会议，布置生产任务的前期动员工作。

会上销售科人员谈了销售形势，由于市场上销售形势好转，我们必须在 9 月之前拿出二百一十台收获机、五百台小四轮。会上首先要求物资部门保证材料供应，机加车间必须按时保证机加件的批量生产，冲压、焊接、铸造、锻造、油漆、下料必须及时跟上，准时到达总装，完成生产任务。

工厂生产会之后，我及时在分厂会议上进行了传达，并贯彻落实了生产科的调度指令，全面布置到位，接着召开两班（白班、夜班）工作的全面落实。

下料、铸造、锻造开始投料后，我们分厂动员后开始了生产。

在生产过程中机加车间大 C630 车床，承担加工件任务、工作量最大，操作者是王新才和宋宝华，他们两人都是退伍军队，王新才是从大庆调到厂内的，所以，人称王大庆，宋宝华称宋大干。他们加工的无机变速盘、地轮钢圈、地轮半轴，由于设备大、加工的工件大、劳动强度大、做的贡献大，在生产中受到大家的称赞。

在长 C620 车床的邵师傅，名叫邵万福，家中生活困难，可干起活来不含糊，车间内生产的轴类，基本上都要经过他的手，干起活来数一数二。另外，夜班王功才也是车间的顶梁柱。

滚齿机是车间生产的主要机器，生产的齿轮部件都要经过它们。计算、进刀各工序必须严格把关，而这台床子的操作工高玉荣的技术在工人中算是首屈一指的。

钳工出身的尹玉清、王向伟在生产中一直冲锋在前，有时上钻床，有时在平台上划线，工作任劳任怨。

铣床上最引人注意的是张玉坤、张遵义，每天在立铣上干的时间最长，下班时间最晚的人就数他们了。

在液压机校正的师傅姓陈，叫陈富贵，外号陈瘪棍子，每天进入车间的轴类，第一个就堆满了机床周围，可是这些活又早早地转到了下一个工序。

转料工李井芳、李淑香、刘昆英在班长李健亭的领导下，一天到晚不停地转进、转出，这位班长是 1958 年十万转业官兵的一员，曾是第三野战军三十一军的战士，今天又为我们的生产贡献着。

当总装车间一台台收获机牵引出厂，一台台小四轮下线的时候，我们骄傲地望着它们，这里有我们的汗水和付出。

赛歌、运动会

工厂要召开庆祝大会，需要我们各个单位都参加比赛。

赛歌大会的串连词是我写的，分厂技术股老韩负责教授歌曲和指挥。

一分厂合歌队由 140 名工人组成，包括领唱两人。

赛歌会的工人身穿工作服，脖子系白毛巾，作风严谨。在老韩的指挥下，非常认真地操练着。

举行赛歌大会，我是分厂厂长兼书记，必须由我来牵头。一分厂由于人员的调整，分厂学员基本上都是高中毕业生，加上师傅的素质较高，所以，整体素质比较好。

赛歌开始："走过来了，走过来了，一队队工人们，他们盖起了高楼大厦，修起了铁路煤矿，改造世界变了样，就是这样、工人的努力，把世界变了样。请听，咱们工人有力量。"随着一分厂的歌声，俱乐部里顿时安静了。

9 月 30 日的晚上，"我为伟大的祖国放歌"俱乐部赛歌会如期举行。容纳 1300 人的场馆，座无虚席。会前，吵闹声、喧哗声，一阵高过一阵。这时，行政副厂长站起来高声喊道："一分厂起头唱个歌。"我站了出来，喊道："老韩指挥唱

《没有共产党，就没有新中国》。”随着老韩的指挥，一百四十名工人合唱队员，大声地唱着。

赛歌晚会，一直进行到晚上九点多钟，接着进行了评比，一分厂赛歌表演队被评为第二名。

在赛歌会的第二年，我们一分厂又迎来了第二届职工运动会。召开运动会的消息刚传到分厂，一分厂的小青年们立刻沸腾了，因为进厂的学徒工大多数是高中毕业生，加上前几届的学生，合在一起数量是比较多的。

这次我们要求工会、共青团配合，全体工人都要积极参加。报名工作截止三天后，报名很快就结束了。从报名的人员中我们可以看到，有许多年轻人员在总局、依兰县、厂中学都取得过名次。

依兰收获机械厂第二届运动会开始了，随着各项赛事的检录进行，100 米、500 米、800 米、10000 米、跳高、跳远、铅球，都在有序地进行着。

时间过的很快，赛事过了一半，厂里比赛图表中，一分厂的总分遥遥领先。

在万米比赛现场，跑在第一方阵的四个人中，有两个是一分厂的青年工人，其中厂中学的教师王文明，曾获得总局万米比赛的冠军。在最后 500 米中竟被一分厂的王泳杰、李安超过，只获得第三名。在 100 米比赛现场，我在起跑线上竟看到了我的爱人，她代表中学比赛，虽然没有获得名次，但她的精神可嘉。

比赛结束了，一分厂以团体总分第一的成绩，获得了运动会的第一名。

此时，蓝色的天空纯净而无边，我想变作一只无忧的飞鸟，竞技在比赛的赛场，这时的心情是多么的振奋！

我在一分厂不到三年的时间，第一年的经济效益是减亏 9 万元，第二年是盈利 12 万元。分厂（机加车间）被评为先进单位，我被评为劳动模范。第三年 8 月，我被提为厂党委副书记候选人，去哈尔滨总局党校参加岗位培训一年。

我离开那片被小兴安岭山脉环围着的封闭天地到外面的世界去学习了。

那又是另外一些故事了。

激情燃烧的岁月

人生总是这样的，要保留一份永恒的激情很难。有一天重温过去，蓦然感到，昔日的玩伴已不再明眸皓齿，今日的庸凡之人，谁是当年共织绮梦的人？

如今正是微信年代，每天总要打开看看，今天突然看到梁宝明和王新才的一张照片，看到王新才的模样，我沉思一会说：“是呀，人老了。”屈指算来，应当是七十岁了吧。

火红的车间来相会

太阳下山了，山巅上空的云层立刻被霞光染红，暮色像淡雾似地向小兴安岭洒了下来。

岁月的长河把我们带回 20 世纪 70 年代，当时我在厂供销科钢材组。

有一天下班，我迎面碰上了组织部部长李洪祥（我称他为李叔），李叔说这两天正要找我，现在知青返城，许多车间和部门急需统计和会计，我以前在车间担任过统计，这次是否下车间当统计。我问去哪个车间，他说是机加车间。我顺口就答应下来。

第二天一早，雪雾茫茫，我拿着调令到机加车间报到。

天气乍暖还寒，晚上下雪，白天化了。我两脚泥泞地站在高大的机加车间的楼前，默默地说了一句："机加我来了。"

厂区上空，一片轰鸣声，各种机床的声响纵横交错，由房顶的窗口传向天边。

只见一台运料车载着一车铁屑，正驰向铁屑堆……

绕过机加车间的正门，我顺着机加车间的中门进入车间，映入眼帘的是一排排整齐的机床，在每台床子的边上站着一到两个工人，他们正紧张地工作着，有的正在加工着轴类，有的正在加工着皮带轮。

在我旁边的车床是一个比较大的设备，车床边上的工人戴着口罩，正在往设备上装卡大的皮带定盘。

我站在车床边看他认真地装卡完毕后，顺势问他："党主任在车间吗？"

他抬头看了看我，赶紧刹下车、摘下口罩。在他摘下口罩的时候，我看清了他的面孔，在加工件中被铁屑的灰尘遮得黑不溜秋，像无数条粗大笨拙的蚯蚓从他的头上爬向脖颈，再沿着一层黑灰的皮肤留下一道道耕耘的痕迹。但是口罩去掉后露出了他的微笑的面容，说道："党主任刚才还在这，现在在校正机那里呢。"

顺着他的手指方向，我看到党主任正在校正机旁，弯腰拿起一根圆钢在搬动着，我快步地走过去，嘴里喊了一声：

“党主任，你好！”

党主任也看到了我，他放下圆钢喊了句：“你好，新来的大统计。大庆，这是咱们新来的统计，你让学员做，你先送统计去办公室，我洗下手随后到。”

就这样我和王新才认识了，由于他是大庆调来的，他操作的设备体型大，劳动强度大，所以，人们都叫他“大庆”。

停电了，大庆喊我去摔跤

机加车间是一个统一整体，车床、铣床、钻床、刨床、插床、磨床、拉床、滚齿机、滚丝机，全盘协作缺一不可。沸腾的车间就是这样紧张地生产着，车刀加工件的尖叫声、马达的轰鸣声、转料车倒料声，充斥在车间内。

我每天要完成转料单、检验单、工时记录单、定时单的工作，和工人们一起紧张地工作着好不热闹。

有一次，我正把生产任务和个人工时记录在车间图表上抄写上墙呢，突然停电了，车间里一片漆黑，一切都安静了下来。停电到来电的时间，一般要等十到二十分钟，于是，我放下笔默默地等待着。

这时，车间的工人们纷纷也放下手中的活，朝大门口走去。大庆不知什么时候来到了我的身边，偷偷地和我说：“停电了，走呀，摔跤去。”我心里想：“摔跤，谁怕谁呀。”

于是问："大庆，去哪摔跤呀？"大庆说："到铸造车间去，那里卸了不少沙子，高向翀、王功才、王向伟、李兆坤、麻自玉（北京知青）、乔祥都去了。"我说："走。"于是紧跟着他们，转眼到了铸造车间的房后。

这是一个专卸造型沙的停车场，白色极细的沙子堆了几大堆。到了停电或业余时间，这里就成为了青年们摔跤的好去处。这时，麻自玉（北京知青）、老乔、高向翀、李兆坤、王向伟、大庆和我站在一边。王功才走到中间生龙活虎地喊道："大庆，咱俩摔一跤。"大庆也不示弱，说道："来一跤，就来一跤。"两人你来我往就摔到了一块儿。

好一个王功才，只见他抓住大庆，反过身来用腿一别，就把大庆压在了身下。第一局大庆输了，我们几个看热闹地捧腹大笑。这时大庆站起来说再来摔一跤。第二局又开始了，两人你来我往，大庆又被摔倒了。这时看热闹的老乔喊着："大庆，你下次拿把铁锹来，看你把沙堆砸得都是坑。"

王功才赢了，他站在沙堆上兴高采烈地抱起膀儿来，嘴里喊着："谁再来，来呀……"这时，高向翀活动活动身体，说："六妮，咱俩来摔一跤。"高向翀喊着王功才的乳名，叫得王功才非常不好意思。两人手一伸，又开始摔起来了。

高向翀是天津青年，身高一米八，非常灵活，两个人交手正是棋逢对手，将遇良才。你来我往斗了两个回合，王功才用摔大庆的方法不灵了，他抡了半天，根本抡不动高向翀，反而被高向翀看到了他的破绽，顺势一绊，王功才倒在地下。

围观的人都大声叫好，王功才倒在沙子上赶紧说："不摔了，不摔了。"这时，在场的几个人谁也不吭声，高向翀好像没过瘾似的，把目光转到了我的身上说："永星，咱俩来摔一跤，玩玩吧。"我说："来吧。"心想，高向翀刚才用的是腿功，我要注意点。

我俩来了两三个回合，谁也没有摔倒谁，这时高向翀一拉我，我心中想又要下绊了，在高向翀抬左腿时，我也抬了腿，借势一拉，右腿正好踢向他正落地的左腿，我们俩同时倒在了沙堆上。

这时，动力车间变电所的发电机响了，马达轰鸣起来，"来电了"，不知谁喊了一声，几个人分头跑向了正门、中门奔向自己的设备。

后来，高向翀还写了一首打油诗来回忆当时的情景："忆往昔峥嵘岁月稠，摔跤场施技巧各显身手。一身沙土一身汗，回车间偷偷分着走。"

生活在火热的车间里

连延数里的收获机械厂，远看，影影绰绰像幕后的一片光海，橙黄的犹如朝霞，殷红的好似火烧云，响声一片。

高炉骄傲的身影直指天空，咚咚、咣当，旋转声的叫喊，划破了大自然的寂静。

回想起在车间的工作，由于工作关系和班组、个人打交道的机会很多，时间不长就和车间工人混熟了，其实许多人以往在工作中、在生活中也都认识。这不，每天早上转料车司机师傅井绪和，转动摇车的手柄，往办公室的窗户一比划，我就知道这是想把车发动，他说这是“上弦”。每天早上，我和他都提前把车发动。有的时候，他有事，我就去帮忙，把车间的铁屑倒掉，然后再把车给开回来。

焊刀室有焊刀机、电焊机。每天工人师傅们拿着合金刀头和刀杆，来到这里把各种刀具焊合上。然后再去磨刀。电焊机是车间干零活使用的，我和两位张师傅关系都挺好。每次车间要焊花坛，开展一些义务劳动。我会在工作之余组织团支部主动参加，亲自拿起电焊机，火花四溅地干起来。

车间的车工班、铣工班、钳工班、液压校正机，工作之余，我爱到这些设备前去“唠唠”，帮忙干干活、顺便学些手艺。这天车工三班的胡松涛的车床边上，卸了一堆轴承座的活，影响了交通。看到这，我放下手中的笔出来帮忙，往工位器具上摆放，活干完了。胡松涛说道：“你不来两根试试，”我说：“行，让我来。”我检查完了车刀，开始走刀。车刀行走着，一串串的铁屑在床子边滚落……胡松涛一边抽着烟，得意洋洋地对李德山说着："咱这帮忙的，掉刀架，掉得杠杠的。"胡松涛玩笑一开，他和李德山都笑了。在车工这边也就是简单的粗活还可以，评价好的也就是"掉个刀架，杠杠的"。

53 立铣是张玉昆的机床，没事我也总爱到他的立铣来帮忙干活，车间生产总是以生产汇战的形势掀起高潮，这不是铣工的活又堆上了，干主传动轴铣键槽，两个班组扣头了。地上摆满了工位器具，我主动来到这里，一干就是大半天。

钳工班大摇臂钻床的操作工是张家口的知青玉树刚。在钻床操作往往是工序短、加工量大，在钻床许多产品都是上胎具，然后再加工。如果加工的支臂是由上道工序焊接车间转来的，这些件就会堆满钻床左右的空地，玉树刚在生产中忙不过来时，我们就去支援他。比如钳工班的王向伟，他就负责划线、套扣。我们常常在一起，一直帮忙到把活干完。回想起那段经历，历历在目……

那时候的事情都过去四十年了，大庆、高向翀、王功才、胡松涛、张玉昆、玉树刚、王向伟，现在工作好吗？一切顺利吗？

生活在变化着，时代在变化着，环境在变化着，自身也在不断变化着，因而认准一条道路不回头的人，不是执着，而是固执地迂腐。命运是这样一种东西，你越要驾驭它，它反而俯首听任你的指令；你畏惧它，它则越发不可一世。所以不要相信命运，种瓜得瓜，种豆得豆，一分耕耘就必定有一分收获。

火红的青春

一静下来，脑海中总是回忆过去的时光，依兰收获机械厂曾经的辉煌，联合收获机的制造过程，以及为它奋战的人们，人们不会忘记四十多年前，在我们机加车间还有这么一段李正宽返回车间的故事……

离开了医院，我就要回车间工作了。那时我感到热血沸腾，外面的天气却很冷，每日清晨站在大门口远眺工厂的方向，人们总是那么匆匆忙忙。

走出医院住院处，我的心情太高兴了，马上就要回机加车间工作了，心里就像启动了的马达，恨不得马上驶入车间。

说句老实话，生病休息一年，简直就像罚我坐了一年监牢。人是躺在床上，脑子却成天盘算着厂里的机器、收获机的产品及我的一群徒弟们。现在，工厂正是生产收获机的关键时期，我的心像长了翅膀似的飞了回来。我一回来，车间里又多了个老师傅，徒弟们又有了主心骨。嗨！生力军呀！好好的干一场，为收获机械厂的发展做贡献呀！

松花江的水，无声地流着。蓝天上的白云朵朵，无声地飘着。工厂那高大成排的厂房，无声地矗立。厂区外的山坡上，生长着的柞树、桦树，无声地摇动着枝叶。

我的脑子里越想越多，步子也越跨越大。顺着整洁的花园转了个弯，就看见了车间门口那座光荣榜。这座光荣榜对我来说，不能算是生疏的了，一年前，在它上面常挂着我的照片，因为我未生病前，曾经是厂里的先进生产者。

“现在是谁呀？”走到光荣榜前，我立定了脚，向上面挂的照片看了一下。当我看到上面贴着的是一位留着平头、面带微笑的老工人，再仔细一瞧，是郑风国，我连忙拍手称赞，这可是我们单位的老劳模了。郑风国照片的旁边贴着的是身材消瘦、面色严谨的转料班班长李建亭的照片。哈哈，我高兴地点头，“这些人真的选对了。”接着我又往下看着这些照片，李德山、陈庚新、石自杰、王新才、玉树刚、麻自玉、王庆学，一个一个熟悉的面孔跃入眼帘，当我看到其中还贴着一位英俊的小伙的照片时，我当时看花了眼，连忙用手帕擦下眼睛，定了定神。但是，睁开眼再瞅了两次以后，我不由自主地猛拍了一下大腿，说：“呵！兆坤这小子真的成了先进生产者了吗？”

我边走边想光荣榜的事，忽然有人喊我：“李师傅，你出院了？”我回头一看，只见液压校正机旁站着一个个子不高、身材瘦小的人，正拿着一根主传动轴的毛坯在那擦着，边擦边和我打着招呼：“出院了，今天来上班了。”我回应着他，在液压校正机上工作的叫陈富贵，今年四十多岁，别看机床活多，可是加班加点，他保证能完成任务。

“别挡道，躲开点。”“咣当”一声，一大堆皮带轮，卸在了拉床边上，在指挥卸车的是拉床的操作工张思才，外号“张老美”，看着张师傅出神的样子，我大喊了一声：“张老美，忙着呢？”这时，张思才师傅才跟我打了声招呼：“李师傅，出院了，来得正好，工厂的收获机生产到了关键时期，来干吧。”边说，边回到了皮带轮旁。

“张老美，别偷懒耍滑，看你卸了一大堆，干完快转出去。”张老美这时对我大声地喊道：“这个李正宽，在医院躲了近一年，才回来，赶紧干呀，再不干一切都晚了。”

我这时对张老美又说道：“这个张老美，我回来就是要看着你的。”

哈哈哈……几个老哥们，回来相见后心情大悦……

这时，忽然有人从背后一把拉着我的膀子说：“师傅，你真的回来了！这一次党主任总算没骗人。”

我回头一看，原来是兆坤。我把他脸端详了一会儿，觉得比光荣榜上的照片还要胖点；他那生气勃勃的样子和响亮的嗓门，一点也没变。

“师傅，您身体康复了吧？老实说，师傅，您身体再不康复，我们这群徒弟可受不了啦！”兆坤没等我说话，就抢先拉着我的手说。

“傻小子，我已经康复啦。”我拍拍他的肩膀，说，“你看，你师傅这身体，没毛病了。”说到最后，伸出胳膊用手拍了几下。

“那你还回咱们班吗？”兆坤一动不动地瞪着眼问我。

“当然呐！离开车床，我非憋死不可。嘿！为了这件事，我同党主任还打了半天交道呢！”

到了车工一班，我侧着耳朵，听着机器的声音，这些声音，对我来说是多么熟悉啊！当我看一下我亲手摸过的几台车床时，不知道是因为太兴奋了呢，还是为了别的，我紧走了几步，站在车床跟前，咕哝着：“车床，我的老伙伴，李正宽回来啦！”

很多人热情地向我点着头，从他们高兴的脸上，可以看出大家对我的回来是挺欢迎的。我不停地向他们招手答礼，心里暗暗盘算着：“你是个老前辈，你得好好的干，给这些年轻人做榜样啊！”

我仔细地看了他们的机床，都是新的 C6140 车床，加工的收获机万向节、十字轴、油管接头等不同类型的产品，我的心里不知怎的又烦躁起来，嘴里嘟囔着说：“哟，这几部车床全是新设备呀？”

“这几部车床……”兆坤听了，从旁搭了上来，并把我的膀子拉了几下，接着说，“你看，那一台是 C620 车床，运转速度是一千二百转，师傅，现在越来越感到技术不够用了！昨天刚学会这样，今天又得学那样。”

我不动声色地向兆坤说：“要完成工厂收获机的任务，速度得越转越快才行。你们年轻人，不懂就得多听听师傅们的经验。”

“是呀，我操作 C6140 车床时，半自动化的设备，每分钟运转一千四百转，我不但向别人学习经验，而且还不断向书本学习呢。在师傅们的帮助下，我能跟着大伙干上去，现在是生产收获机的关键时期，必须要拿出勇气和信心。”兆坤说。

他的脾气我是知道的，看了他的样子，我能猜出他做的活不会太差。

“唉呀，李师傅，你回来了。”有人猛喊一声，我转过脸没看着人。

“师傅，我在这里。”这下我可看见了，原来是王新才。他在用天车吊着收获机的大无机变速盘，正往卡盘上装卡，由于工件大，装卡的变速盘正好挡住了视线。汗，像无数条粗大笨拙的蚯蚓，从他的头上、脸上曲拐地爬向脖颈，爬过胸脯，在那沾着一层黑灰的皮肤上，留下一道耕耘的痕迹……

“是你呀，快当心活，把手柄握紧点。”说句实在话，我真替他捏着一把汗呢！

“李师傅，不必替王新才操心，他在这已经干了十个月了，而且每月都是超额完成收获机生产任务，收获机的大无机变速动盘、定盘，地轮半轴、大皮带轮等都是他车的。你没看见，报上登过他的照片，他还有个别名叫‘王大庆’呢！就像大庆铁人一样！”兆坤向我介绍。

“大无机变速动盘、定盘是他车的！”我再一次仰起头，看着王新才那张瘦瘦的脸和满脸的铁屑灰尘、汗水。我没啥好说了，走了几步，又回过头来说了几句：“细心点啊，把图样注尺寸地方要多看几遍。”可是，讲过了话自己也觉得好笑，他已经带了徒弟，而我还把他当作刚跟我学徒时的样子来看待呢！

我们在车工一班行走着，排排崭新的车床正在操作。这时，只见一台车床停了下来。

“师傅，我用这个方法加工收获机的油管接头，你来看看，行不行？”一个穿球衫的女孩子看见我们，用尖细的嗓音喊着。

“啊！”我迎上一步，但脚步还没落地，就知道弄错了，因为我根本不认识她。

就在这时，兆坤从后面走过来应道：“好，我马上来。”说罢，他拉着我的膀子说：“李师傅，我们一同去看看吧？”

这下我才明白，原来那个女孩子是兆坤的徒弟。我再次瞅瞅我身旁的徒弟，风趣地说：“哟，不错嘛！挺像个师傅的样子！”

“这也是李师傅教得好啊！”兆坤像是摸着了我的心思，有意地说了这么几句话，“我真担心一下子应付不了，不是把李师傅的山门给砸了吗？”

“这个兆坤，你的这张嘴是不吃亏的。”虽然这么说，但我的心里却是乐的，过去培养的种子，现在已开花结果了。

说着，我们已经走到车床边。那个女学员没等我们说话，就说：“师傅，你看，我在这里多装一把刀，同时钻眼、车外圆，不就快一倍了吗？你说，能行吗？”

“这样，工作件要发震的。”我摇了摇头说。

“啊！”那个女学员呆住了。

兆坤摸了摸车床表面，伸头把床子上的刀看了看，然后拿着粉笔在地上画了又画，仰起头对我说：“李师傅，把车刀切削面积改小，这样能不能减少震动呢？”

我猛地吃了一惊，做梦也想不到他会比我提前想出好办法。是呀，切削面积改小，震动就自然消除了，可是，我怎么没想到呢？

“师傅，你看行吗？”兆坤见我没作声，又追问一句。

“行，行！把进刀打慢点，卡盘打快点，效果还要好。”我用手帕擦了擦汗，点头赞许。

“说得对，李师傅。”兆坤向我点了一下头，便转过脸去对那个女学员说：“照我们说的办法试试，有啥问题时，我们再一同研究。”

“李师傅回来了，李师傅好！李师傅好！”这时，一群人拥了上来。原来是徒弟们远远地看见我，都带着他们自己的徒弟拥过来同我打招呼。

我拍拍这个肩膀，又拉拉那个手，心里说不出的高兴。我看看站在我周围的二十几个年轻人，心里想：“有什么能比亲眼看见自己培养的人成才更愉快啊！”

我整了整衣襟，笑着说：“快回机床干活吧，别影响了工作！马上，我也上机床，大家一起干，把产品做好。”

“行！”大家齐声地应着，一溜烟似的都回到自己机床上去了。

厂房内各种机床在不停地旋转着，车间内各种声音不断地传出刺耳的噪音。我同兆坤慢慢地走着。

“唉呀，快退刀。刀架要撞上卡盘啦！”

我突然看见前面一部机床上，卡盘转得非快，刀架眼看就要撞上去了，可干活的小伙，还是一动不动的，我吓得拔腿冲了上去。但是，还没等我跑到，不知怎的，刀架“嘭”的一声，安安稳稳地退了回去。虽然这样，我的心还是噗噗地跳个不停。

“不要紧，李师傅。每部床子都装有自动的退刀工具哩！”兆坤说。

“哪来的自动退刀工具呀？”

“李兆坤师傅创造的。”干活的小伙看看我，指着兆坤说，“好多工厂都来向他学习呢！”

“你动脑子想的新办法？”我问兆坤。

“不，是别人帮助，大家出力弄成功的。李师傅，你看看，提建议吧！”兆坤笑着说。

“嗯。”我蹲下来，用手摸了摸工具。说实在的，这个不到五寸的小工具，说什么我也弄不明白，根据什么道理，刀架能自动跑回去。兆坤立在我身后，神采飞扬地讲给我听。可是，我的脑子里乱糟糟的，一点也没听懂他说了些什么，最后，我长长地吸了一口气，猛地站了起来。

“李师傅，等会我把图样也拿给你看，好吗？”兆坤像是丝毫没有察觉到我现在的状况。

“李师傅，你看，那就是 C6140 车床，这台是我使用的，那台是留给你使用的。”兆坤一边指点着，一边对我说。

我定了定神，看看摆在我面前的车床，伸手摸了又摸。这台设备，对我来讲，是多么新鲜呀！

“李师傅，这台车床情况是这样的。”兆坤没等我开口说话，他又一五一十地把车床各个传动部分，像讲解员似的讲给我听。

“你看，你看，这个地方要是一扳错呀，嘭，刀子就得断，人就得吃闷棍。”兆坤讲到变换速度的地方，特地做了个鬼脸向我扭了下头说，“唔，我就挨过。李师傅，我整个试给你看看好吗？”

“嗯。”我自己也不知道这声算是答应，还是不答应。

他做了各种不同速度的表演，熟练地将停车、切削的几个主要问题，做着重复试验。我站在他的背后，一开始是漫不经心的，但是，没憋多久，我的脸随着他的双手转动起来，看着他的背影，觉得自己的眼睛湿润了起来。

“李师傅，这是车间周立勇技术员帮我画的车床分解图，这是我改的七件工具图样，自动退刀工具，也在里面。你看过后提提建议。”不知什么时候，兆坤已经关掉车床，捧来两本图样递给我。

兆坤头一扭说：“啊，你先看看，我给你领材料去。”说着蹦蹦跳跳走了。

我一口气把他改的七件工具的图样，连续看了三遍。我还没有看完另一本车床图样，兆坤已经将加工材料推了过来。他一看见我就喊道：“车间党主任听说你马上干活，高兴极了，现在就要来看你。”

“你……你在边上看着，我来试试车，错了就喊我。”

我装好了车刀、材料，按了电钮，按照刚才兆坤的步骤，开始切削。随着正常的“嚓，嚓”声音，我的心里像是丢掉了一块石头。

“对啦，师傅。再加快试试。”

“行！”我擦了擦头上的汗珠应着。

“哟，李师傅，应当两只一道向右扳。”兆坤看见我扳错快慢扳手，赶紧拉着我的手，然后麻利地代我扳正了。

“对，对！看我这记性。”我想起他刚才做的样子，微红着脸向他连点几下头。铁屑随着车床速度的加快，颜色从蓝的变成紫的，我的心里也从酸的变成甜的。

“加工得好快啊，李师傅。老将黄忠，名不虚传。”我把车床刚停下，兆坤就抢过来握着我的手。

“兆坤……”我紧紧地握着他的手，可是憋了半天，只说出这几句，“兆坤，‘青出于蓝，而胜于蓝’。今晚请你讲自动退刀工具构造给我听，我要好好地学一下。师傅说的是实话，我必须向你们年轻人学习呀……”

在依兰收获机械厂的大门口，一台台整装待发的收获机正在准备发往河北、河南、北京、安徽等地，我们机加车间的工人高兴地欢呼着，因为一台台收获机有着我们的一份汗水、一份耕耘。

喜双学徒的故事

安宝平的徒弟叫喜双，小伙子一米七六的个头，来自友谊农场。见人总是憨厚地一笑，给人一种实心实意、温柔敦厚的感觉。那时，能分配在依兰收获机械厂机加车间工作是令人十分羡慕的，特别是又被分到了车床，真是令人高兴。他工作踏实，认真学习、刻苦钻研技术，不到四个月就出徒成为独当一面的高手。

他的师傅安宝平也为有这样一位徒弟而高兴，他看着喜双的成长，为他的发展，不断地倾注汗水。转眼喜双已经工作四五年了，已经到了谈婚论嫁的年龄。这时，安师傅的老友，车间检验员赵师傅的女儿赵霞和喜双相爱了，为了让他们在工作上能快速成长，他和检验员赵师傅偷偷约定，不让喜双知道这层关系，并在工作中对喜双严格要求，好让这棵小苗茁壮成长起来。这个故事究竟怎样发展，下面我们用第一人称表述。

那年的初春，我兴高采烈地跨进工厂的大门，我知道这是生产收获机的工厂，我是多么的自豪，看着一台台整装待发的收割机，如果有我加工的零件，我的心中是多么的兴奋呀！分到机加车间那一刻，我到了车工班，和安师傅学徒，那飞转的卡盘像磁石吸铁一样，紧紧地吸住了我的眼睛，人都说：“车、钳、铣没法比。”当车工，嘿，太理想了！我围着机床看看这儿，摸摸那儿，恨不得立刻就动手操作。

一个年龄和我相仿的小伙子，在一旁冲我一笑：“喂，哥们，新来的吧？怎么分到这个班组来了？信我的话，趁早找车间领导换换吧。”

“为什么？”我不解地睁大眼睛。

他愤愤地说：“哼，车工班的人真倒霉，摊上个姓赵的检验员，专门整治年轻人，像咱们这样，不管你交验多么好的产品，他能鸡蛋里挑骨头，准给你找出点毛病。”然后，他一撇嘴，“喏，就是那个老家伙。”

我顺着他指的方向一看——在一个大木案子前，坐着一个年过半百的人，他身体瘦弱，有点驼背，老花镜卡在鼻子头上，满脸是严肃的神情，他一手拿工件，一手拿样板，仰着脸，对着荧火灯，翻来覆去地看呀看的，一股聚精会神的样子，那神态十分好笑。

我在鼻子里轻轻地哼了一声，算是对小伙子的警告做了回答。我才不信，我如果做出来的产品个个合格，他敢随便往回退？再说，凭我的文化和脑瓜儿，学这个活还不是易如反掌，就等着瞧吧！

安师傅在上机床前就和我说，学习车工必须要手勤、眼勤、嘴勤，必须要向老师傅们认真求教，这样才能把手艺学到手。

事实证明我并非狂妄，在跟安师傅学了四个月后，我就能独立操作了，这大概在我们车间的历史上是空前的，所以还引起了小小的“轰动”。

上机床的第一天，我的心里像喝了蜜一样甜滋滋的，高兴中还夹杂着几分委屈：就这个活儿还用学三年？要是考级呀，我现在就能弄个三级工。邻机床的小张冲我喊：“嘿，朋友，不简单哪，能独立操作了！”我顿时觉得像多喝了一口酒一样，脑袋里晕乎乎的，信口答道：“没什么，这活不算难干。”

卡盘转动了，我摇动进刀摇把，车刀啃着工件，泛起一股股蓝色的烟雾，铁屑刚刚被剥起，转眼间就变成青紫色，它们打成卷儿，像毛毛虫一样，一截一截地往下滚落。

我正聚精会神地干着，身后响起沙哑的声音：“小伙子，挑扣呢？”我吓了一跳，猛回头，眼前是一张皱纹纵横、表情呆板的脸，噢，是那个姓赵的检验员，真奇怪，他连这个都不明白？

我认真地告诉他：“这是剥光杆。”

“剥光杆？刀花儿再深点就能当螺杆用了。”哼！他竟然在讽刺我，一股热血顿时窜上了我的脸，火辣辣地难受。

他背着手走了，一层泪花蒙住了我的眼睛。不好就说不好吗，为什么要讽刺人？我虽然二十几岁了，哪受过这样的窝囊气呀。难怪人家骂他，这赵检验员果然差劲！我咬了咬牙，眼泪才没流下来。

这一天干了一百多个活，报检上去退回来八十多。还没下班，赵检验找到了我们班长即我的师傅，高声地说："新来的小伙子合格率太低，不想办法，我可不验收了。"

我的脸"腾"地红了，立刻感到有许多目光从车间各个角落射向我，恨不得钻到床子下面去。我在心里狠狠地骂道：老赵头，你真是一点儿情面也不留啊！这简直是当头一棒，把我的骄傲劲打得一干二净。

下班时，安师傅问我："喜双，怎么样？"

我苦笑着摇摇头。

安师傅说："你掌握得够快了，合格率低可以找找原因，反正没出废品。不过，你别小看了车工技术，没几年工夫可不成。"

一晃半个月过去了，我的合格率始终在百分之五十上下徘徊。一天，小张摆出一副"预言家"的样子对我说："喜双，我没说错吧，你想过赵检验这关还早呢，再苦练两年吧。"

他的话在我本来就沉重的心头又加上了一块石头，刚刚走上社会就这么不顺利，看样子真得换换地方了。

第二天，我找到我们二班的班长、我的师傅安师傅，提出了调换班组的要求，我师傅听了轻轻一笑：“别胡思乱想了，质量要求得严一点儿对你有好处，严师出高徒嘛，他检得严，你的技术就提高得快，也免得你养成干活毛糙的毛病，咱车间这几个技术名将，哪个不是在赵师傅手底下撸出来的。记住我的话，过几年你就明白了。”

回到家里，整整一个晚上，我都躺在床上望着天花板出神，烦躁极了。

猛然间，我想起了安师傅和小张的话……他们说得对，就这么干，豁出命来也要争这口气，下狠心苦练基本功，哼，等我的质量在全班第一的时候，看你赵检验还挑剔什么？

从那天起，我开始苦练车工基本功了。就说磨刀吧，我早来晚走，几乎到了入迷的程度，废车刀不知磨秃了多少把，砂轮灰吃了多少无法计算了，反正连鼻涕都是灰黑色的。

也是从那天开始，我不但在心里恨赵检验员，而且在言语上、行动上也表露出来。我不喊他“师傅”，叫他“老赵头”。

我常和班组的几个伙伴约好，把干完的活攒起来，在同一时间一块报检，哈，转眼老赵头的活就多了起来。

有人劝我：算了，这老赵头就是那脾气，你骂他祖宗也没用，再说，你是刚出徒的工人，人家是检验员，要找你的毛病还不容易。

在紧张的工作中，时间的流逝，快得令人难以置信。

年末，实行了工时奖，由于我的质量好，手法快，每月拿的奖金在班组都是前几名。不过，这奖金来得可不容易，为了争这口气，我勤练基本功，看技术书，上技术课，向老师傅请教，花了不少气力和心血，比如收获机的皮带轮，切槽、整形，我干得干净又利索，轴承盖我干得非常完美，渐渐地我和老赵头的关系缓和了，我又叫他师傅了。

可是好景不长，老赵头不知犯了什么邪劲，又和我过不去了。我报检的活，过去能合格的，现在就不合格了，由于退修率上升，我的超额奖金在班组里很快就退居第三、第四了。尽管如此，厂里评选质量标兵，却还是把我评上了，但是最终上边没批，后来才听说是因为老赵头不同意，我顿时火冒三丈，咬牙切齿地骂道："老赵头，你可真绝呀！"

为了出这口气，这天，我特意进了一批 61005、61006 收获机的十字轴、万向节。报检上去后，我停了车，站在床子旁，用眼睛斜瞄着赵检验。他带着老花镜，左看右看，头一个活他就给退了，一个……又是一个，十个活退了仨，我的火气腾地冲上脑门，三步并作两步地走过去，强压愤怒地问："这三个活哪里不合格？"

赵检验一怔，抬头看了我一眼，说："光洁度不够。"

“光洁度不够？”我一手抓起了一个别人的合格品，一手抓起了一个我的退修品，一齐塞到他眼前：“你好好看看？这两个有什么区别？”

“哎，你看，这刀花。”我气得喊了起来，“这刀花还没有蚊子腿粗，你看活儿是用显微镜看的吗？”

他不动声色地说：“小伙子，别吵了，不合格就想办法细心点干。”

我火了冲他喊道：“你说得轻巧，你干一个我看看！我看你是成心找别扭！”说话间，班组过来几个人，把我拉了回去。

我喘着粗气，怒视着老赵头，眼睛里似乎要喷出火。他呢，却像没事一样，还是那么稳稳当当地干活。

这时安师傅过来对我说：“光洁度是眼睛的活，他说不合格，你手底下就仔细点嘛，快去干活吧。”

好吧，你折腾我，我也不让你自在，我又开始“惩罚”老赵头了。不过，为了提高合格率，我干活时，更细心更稳当了，并不断地钻研、学习先进的操作方法。

有一次，可让赵检验吃了大苦头：一天晚上，下班后，人们都走光了，我在检验案子上发现一副老花镜，哈，是赵检验的！我想了一下，对，藏起来，没眼镜看你怎么干活，给你个颜色看看。

第二天一上班，老赵头就忙三迭四地把自己的工具柜翻了个底朝天，我看着心里有说不出的痛快。他没找到，又喊了几声："谁看见我的老花镜了？"没人应声，他只好开始检验了。

这回他看样板的姿势可美喽！只见他一手拿样板，一手拿工件，对着灯光，一会远，一会近地调整着距离，大概还是看不清，他又在灯管旁拧上个大灯泡。看样子可以对付看了，不过他皱着眉，眯着眼，显得吃力极了，检验活的速度比往日慢多了。

我和几个伙伴故意加快了操作速度，赵检验案子上的活越压越多，中午，我们都回家吃饭去了，他还在那忙着呢。

第二天早上，我提前十分钟上了班，先走到检验案子前，咦？怎么又退了这么多！我想在他检过的合格品里找出点毛病来，一连看了几十个，一点问题也没发现，心里不由得暗暗佩服：这赵检验的眼睛可神啦！

一会儿，赵检验来了，他双眼发红，不时地淌着眼泪，我心想：怎么样，尝着滋味了吧？与此同时，一股怜悯的情绪油然而生：行了，老赵头受不住了，等晚上没人时把眼镜给他送回去。

正干活时，我听到身后有动静，回头一看，见赵检验站在我身后，眼睛盯着我，手里拿着老花镜。我大吃一惊，忽地想起来，刚才取车刀时忘了关工具箱门，让他看见了里边的眼镜。他看着我，一动不动，脸上的皱纹更深了，就像一尊历经百载风吹雨打的雕像。

我慌了，支支吾吾地掩饰道：“是我……昨天捡到的。”

赵检验员不动声色，还是目不转睛地注视着我。糟了，他一定明白是怎么回事了。我感到身上像有几十条毛毛虫在爬，难受死了，等他走后，觉得身上湿漉漉的。

一转眼又是三四个月过去了，在全厂收获机产品考试中，我加工的主动链轮、被动链轮、半轴等产品，成绩优异，名列前茅。

为了表示庆贺，我买了几斤糖块分给大家吃，快要分完的时候，我瞧见了赵检验员，不由想起了评选质量标兵的事，对，给他几块，借机敲打他一下，出出这口恶气。我走过去，“哗”地往案子上扬了一把，赵检验员吓了一跳，他意外地看看我，我冷笑道：“我请客，吃吧。”

然后我又哼了一声说：“好事多着呢，评质量标兵好不好？可没遇着好人！”说完，我头也不回地走了。

四年多来，我几乎处处把他当成“仇敌”，我相信，他也决不会对我有什么好印象。

这天傍晚，女朋友赵霞约我去她家做客，我明白，这是她父母要相看姑爷了，我着意打扮了一番，一身合体的衣服，让我看上去更加英俊。

路上，我悄悄地问赵霞："哎……你估计你父母能相中我吗？"

她满脸正经："我又不是算命先生，怎么会知道？母亲好办，父亲的脾气古怪得很，又是我们家的'土皇上'，反正你小心点好。"说完，她扭过脸，用手挡上了嘴。

进了赵霞家的院子，已是掌灯时分了。赵霞示意让我先进去，我赶紧整了整衣服，捋了捋头发，直了直腰板，放稳脚步，向屋门走去。

我的心"怦怦"地跳动起来，"镇静，镇静！"我连忙安慰自己。就在我推开门的一瞬间，惊呆了：啊！是他？！他怎么会在这儿？莫非我看错了，我用力眨了眨眼睛，定神细瞧，脊背微驼的老人，花白的头发，满脸皱纹，一切都是那么熟悉，我的脑袋里像是点燃了一堆火药，"轰"地涨大了……

我明白了，他就是赵霞的父亲。这是怎么安排的，为什么处处把我和这个冤家往一块捏呀！四年来，在我脑海里留下的一个个难忘的记忆，像汹涌的潮水，"嘭"地一齐涌到我的眼前。

我同赵霞相处整整一年了，几次要去她家，她都借故拒绝，我问她父亲的名字，她笑而不答，我产生了疑心，莫不是她家有什么见不得人的事情？赵霞看出了我的心思，她带着神秘的笑容问：“你疑心我有什么事情瞒着你？”

“不，没有。”我急忙分辩，口气却不坚定。

她用指头点了一下我的前额道：“你不要疑神疑鬼，该让你知道的时候，会让你知道。”

我也曾向别人打听过她家的情况，可谁也说不出个子丑寅卯。

我一脚门里、一脚门外，站在门口犹豫着：进去？谁敢保证赵检验员见了我不发火？不进去，我和赵霞的关系，今后怎么办？

这时，我的脑后突然响起赵霞的笑声：“哎，愣了这么半天了，该进去了。”她用手轻轻地一推我的后背，我站立不稳，一个踉跄闯进屋去。

我垂着脑袋，大气也不敢出，思想上做好了准备，只要看情况不对劲，掉头就往外跑。我听到的却是赵霞的声音：“我给你们介绍一下，这是喜双，这是我爸爸，对了，你们早就认识了。”说完，她“咯咯咯”地笑了起来。

老赵头沙哑的声音响了：“小伙子，你好！”

我这才抬起头看了他一眼，怯怯地回答：“你好……赵师傅。”

“快坐吧。赵霞妈！客人来了！”随着赵师傅的喊声，从里屋走出一个胖老太太，她眉眼里都挂着笑，边拍打着衣服，边亲昵地说，“喜双呀，刚来呀？赵霞这傻丫头，就顾自个坐着，还不给喜双倒杯水。”

看样子我担心的事情不会发生了，我的心里稍稍轻松了一点。

接下去的谈话，是相女婿的老一套，无非是问问年龄、家庭和工作情况等，从始到终，赵师傅也没说几句话，还用问么，他早已熟知我的情况。过了一会儿，赵霞母亲给赵师傅使了个眼色，然后对我说：“喜双你先坐着啊，我们上里屋去一趟。”两位老人走了，我知道这是统一“口径”去了。

他们一走，赵霞又“咯咯咯”地笑起来，我不满地看了她一眼：“你是怎么搞的？”

她忍着笑说：“可别怪我，是爸爸不让说，过去我告诉过你嘛，该让你知道的时候自然就让你知道，咱们相识的第一天，我爸爸就说：‘这个小伙子我认识，人不错。’”

说完，她又“咯咯咯”地笑了起来。

我又急切地问：“他没有说别的吗？”

“怎么没说，他说你刚进厂时自高自大，干活毛手毛脚，让他连敲带卡把你的毛病治没了，还说你现在技术有一套，起码能顶个有经验的操件工使用。哎，对了，那次爸爸还说，今后要成亲戚了，对你要求比别人严，别让人家说出什么不好听的来。”她说道，“安师傅和我爸是好朋友，也多次和我爸说，要多帮助你，严格要求，使你成长起来。”

我的心里像开了扇窗户，“霍”地亮了！怪不得他一年前又卡我，原来是这么回事。

“喜双，你没少吃苦头吧？我爸的脾气不好，心眼却是好的，他只是想得远。”

苦头……我仔细回味着赵霞学给我的话，心里像开了闸的泄洪道，涌起一阵冲天的浪花……我恨自己为什么那么单纯、幼稚，赵师傅、安师傅给予了我多么深的爱，可我却误解了这一切，竟做了那些对不起他们的事……

没等我回答，两位老人从里屋走出，我还是第一次看见赵师傅这样高兴，他满面春风地说：“喜双，你和赵霞的事，我跟你大婶都没意见，你们年岁还小，等一两年再办事情，先好好钻钻技术。”

他沉吟一下又说：“今后咱们亲戚关系就公开了，有八十六双眼睛盯着咱们，我对你的活儿要求得比过去还要严，你有意见吗？”

我“腾”地来了个立正：“没意见！”

突然，我意识到自己失态了，大家一笑，我的脸红了，心里不由得责骂自己：你这是出的什么洋相！

在收获机械厂年终总结大会上，我、赵师傅和安师傅等人被评为厂先进生产者，那时，我是多么高兴呀！劳动成果的取得、爱情的收获，凝聚了我和师傅们辛勤付出的汗水。

有老一辈的师傅，有我们年轻的一代，大家经过共同的奋战，才能创造更加美好的明天。

机修工田师傅的故事

春天到了，积雪融化，露出了埋在下面的污泥和铁屑。沙石路一天天地显露出来，整个工厂区披着朝气的、向上的气息，工人们一个赶着一个上班，加班加点已成为常态。傍晚路边流着雪水，房上的烟囱、汗涔涔地在冒着炊烟，夜里，都是冰柱朦胧地闪着白光。太阳在天空中出来了，溪水已经不断地发出潺潺的声音，向沼地流去。

这是 20 世纪 80 年代的垦区依兰收获机械厂，新的一年的生产周期又要到了，各条战线又呈现出紧张的局面，机加车间的工人们又开始加班加点了。

田师傅是机加车间的机修工，他的名字很少有人知道，除了叫田师傅之外，也有称呼他为“仪器”的。要说起他的耳朵来，也真有点意思。据他自己说，他的耳朵能听到机床故障的声音，如果说这台机床有问题，那你让他来检查，准能立即找到问题所在。就这样一来二去，天长日久，田师傅的耳朵被人称为“精密的仪器了”。他自己却不同意这样的称呼，他说：“干什么的，就要拿得起，放得下，机修工嘛，你就要关心机床的一切动静，我是眼睛、耳朵一起用。”

这不，厂里投入前二百台收获机批量生产后，加班加点已经成了正常，他总说：“咱们生产设备必须让它们正点运行，这是保证生产的前提。”

田师傅的家离厂子很近。夏天的晚上，他把房间里的窗子打开一扇，在睡前醒后，总得侧耳听一下远处飘来一阵噔噔噔的声音，这是立式锻造机；哧喇喇的尖叫，这是C630车床在加工无机变速盘的声音，总之，各种机床的尖叫声，他听着是那么的顺耳，要是别人听起来，也许是一片嘈杂声，可是田师傅却觉得像一场音乐的演奏声。冬天，窗子封上了，有时候加上逆风，就是打开一扇小气窗，也听不见机床的动静。他便走到外面，站在雪地里，听着那些机床的加工声。

这天，设备科要各车间派一名机修工参加会议，机加车间派老田参加。五点多钟，老田开完会回家，刚过大楼拐角，就觉得听到车床里面的声音有点不对劲，他怀疑自己耳朵不好使，连忙习惯地仔细一听：好像是C630停了。平时车间党主任总是跟我们讲：“大30车床是加工生产收获机的关键，无机变速盘、大皮带轮，是生产的重要环节。”他马上停止了脚步，转身就往回走。C630的油泵，维修期是到了，但可以等到星期天突击抢修，这样就也不会耽误工期。现在机床这一停，他的计划全被打乱了。

田师傅一进车间，只见他的工作服上挂着碎小闪亮的冰花，头上戴的那顶帽子，脸被捂得严严实实。他背着一个工具兜子，两肩落满了雪花，从嘴里还不住地往外吐着寒气。大伙一见到他，就吵吵嚷嚷地说：“怎么样，我说田师傅一定能来！”

田师傅一眼就落在 C630 车床上，闸把上挂着一块木牌，上面写着“停车”两个字。这是设备科的职责，没经允许，谁也不准动这台机床。可是他今日对这块木牌十分生气，二话没说，气呼呼地走开了。

在狭小的车间办公室里，田师傅找到了麻自玉段长。麻段长正在处理派工单，他把派工单底稿按照表格分门别类挑选出来。田师傅一看就火了，他想：你真是对生产漠不关心，C630 都停车了，你还不紧不慢地。麻自玉段长早就知道田师傅一定会回来，便故意问了一句：“老田，你白班怎么还不回家？”

“你不知道 C630 停了吗？”田师傅很生气地说。

麻段长一听这个，不但不着急，反而淡定地说：“设备科来检查，还不到一个钟头，我怎么不知道。可现在一切都安排好了，老田，明天早一点来，也许要抢修，今天早一点回去睡觉……”

没等麻段长的话落音，田师傅用钳子在办公卓上轻轻地敲着说：“不行，今晚就要抢修出来。”

麻段长站起身来说：“机修组长，车间主任都不在，谁能决定，再说咱们的活调度已给钻床临时代替了，所以……”

“所以你坐着，等着，眼看一个班少干二三十个无级变速盘！”田师傅接过话头。

“这有什么办法呢？又不是第一次，还有几个备件，需要铣工加铣，你得全面考虑。”

“你不会叫铣工突击出来吗？”

“人家是有计划生产的呀！”

田师傅扭转身子就往外走，门“叭”的一声关上，挂在办公室的统计进度表，被震动得哗哗作响。

田师傅走了，麻段长想，按照老习惯，三个人要修三天，这谁还不明白，自己工龄虽然短了些，但也在车间待了七八年，反正设备科挂上了牌，你也没权力动它，想到这，觉得还有点别扭，怎么也坐不住。他走到工段一看，嘿！田师傅弯着腰正在拆设备呢，设备科的那块木牌扔在地下。

“田师傅，你这是通过谁拆设备？”

“自己。”田师傅连头也没抬。

“你遵守点车间规则不？”

“规则不是死的，现在是非常时期，早抢出一分钟，就能为生产出收获机做贡献，这样的规则就不能改一改？”田师傅一面说，一面用扳手扭下一颗大螺丝。

“即使修好了，也不准开。”

“为什么？”

“谁给你鉴定？”

田师傅大概由于激动的原因，指指麻段长的耳朵说，“你听听那么多的设备声，C630 不开动，你睡得着吗？”

麻段长知道说服不了他，一面走一面嘴里嘟哝着：“这完全是各搞一套，光凭热情干活能行吗？首先让机修检查，完了估工，下达计划工时，然后动手修理，这样按部就班去做，如果哪里出了漏子，咱们车间就没有责任了。可是你偏要乱搞，这也太无组织无纪律了，我这个段长可不能负责。”于是他决定去找值班车间副主任去。

机加车间在开展优质生产运动，繁忙的车间里到处是紧张的工作景色。

麻段长走到车间来找车间副主任吴殿臣，一问，说在校正的压力机那，压力机边副主任吴殿臣，正帮忙卸转料过来的圆钢。

“什么事，麻段长？”老吴问。

“机修工老田，不服领导，乱拆设备。”

“哦！你讲一讲原因。”

麻段长把 C630 车床要修理的事，从头到尾说了一遍。但出乎麻段长意料，老吴却说：“我看这事咱得去看看。”

夜肃静了，只有各个车间里的设备声要比白天的声音更大，半圆形的月亮，挂在大烟囱上，一阵寒风掠过，走在老吴后面的麻段长，赶紧把大衣往上披了披。

这时，快十一点钟了，有些三班的工友，吃过饭来接班了。C630 油泵已经拆下来了。东一个零件，西一个螺丝，弄得满地都是，连走道也不太方便。田师傅呢，连个影子也没有。麻段长摊开两只手对吴殿臣说："你看看，我说不行他偏要干，把设备拆开了，结果干不了就不管了！"

老吴笑笑拍着麻段长的肩说："既然今天不在这，我看明天早上把事情弄明白后再说吧！"他心里明白田师傅一定是去吃饭去了。转身他便到食堂找田师傅去了。

第二天一早，雪雾茫茫，天色显然还没有大亮。麻段长吃过早饭，早早地就来到工厂。刚一进大门，只见总装车间五十台收获机下线进入了停车场地，吸引了众多人的观望。

机加车间的铁屑堆旁，井绪和师傅在倒料。

"一天晚上干出这么多的铁屑呀！"一位上早班的工人说道。

只见机加车间转料班长李建亭正带着李淑香、范佩芝急匆匆地往总装车总生产线上转运成品。车间统计在记录报板上写着："机修工人破常规，C630 车床打先锋。"

麻段长一下子糊涂了！谁？他赶紧从人群里躲开。不料，被人发现了。

“喂！麻段长别走，先给你挂上大红花。”宣传报导员曹庆风大喊了一声。

麻段长只当没听见，一个劲地走进车间，一进门他就完全愣住了！C630 车床，以正常的速度正在开动着，高向翀师傅正在握着手柄紧张地操作着，身后的学徒工正在摆着一个个无机变速盘的成品，检验员弯着腰量着尺寸，脸上发出甜蜜蜜的笑容。

“呀！真的修好了！”麻段长差点喊出来。围着机床的有六七个人，这里有二三班机修工和当班工人，还有车间铣工，吴殿臣副主任弄的满身是油，眼睛里出现了红血丝，看样子也是熬了整夜！这时一只大油手突然握住了麻自玉段长的手，原来就是田师傅。

“麻段长，你看一切都正常，刚才机修组已经鉴定了，合格！”田师傅把“合格”两字说得特别响亮！

这火热的车间，只让人觉得满身生火，温暖如春，谁想到外边还正飘飞着刺人的风雪呢。

不知道为什么麻段长避开大家的目光，点点头，没有说出话来。吴殿臣的鼻子上也抹了一圈油，他一笑简直像个调皮的孩子，他摸了摸田师傅的耳朵说：“老田，用你的仪器再量一量活的公差吧！”引得大伙都笑了。

车间里的 C630 车床声，又在有节奏地响着。

怀念马达轰鸣的时光

太阳退到远山后，挣扎着留下几抹余晖，被从山林里走来的风一吹，就渐渐退去了，你看到了远处模糊的山岭，你看到松花江的水，曲曲弯弯，似乎流得很慢……

离开收获机械厂已经有三十年了，回想起工作的往事历历在目，特别是马达的轰鸣声多么的亲切……

我是厂办公室的主任，一天上班的时间，党厂长找到了我，他要我到机加车间工作几天，摸摸情况，帮助总结几条有用的经验，好在全厂推广。党厂长很赏识许强，许强调来不久，就把这个车间抓得有声有色，生机勃勃。车间生产井然有序，工位器具、定额工时都一步到位。再加上落实了经济责任制，车间的面貌自然会大大的改变。现在正是生产收获机、小四轮的关键时期，我欣然接受了这个任务，到机加车间找许强。

许强正在召开车间生产会议，便约我晚上到他家交谈。许强岁数和我差不多，我们俩是同一时间走向工作岗位的，过去，我们俩还是厂团委任的工厂团委委员，我非常了解他。

夜色中，我到了许强家，说明了来意。

于是，他打开了话题：

一

这个月是工厂要求实现收获机二百台、小四轮六百台的生产任务的关键时期。所以，工厂安排我到机加车间，看来任务艰巨。

一踏进机加车间大门，几百只眼睛就像探照灯一样向我射来，仿佛要照出我的五脏六腑，真有些紧张。我竭力让自己稳重些，摆出一副老成持重的样子，给工人们亮出“第一印象”。

看架势，工人们已经知道我是新来的“顶头上司”了，否则他们不会用那样的目光打量一个陌生人的。我按预定的设想，迈着稳重均匀的步子从每一台机床边走过，向工人们点头、微笑，或问问他们的姓名。

我在收获机械厂这些年，当过几年机械工人，又当过几年统计和党委办主任，凭我不算很浅薄的资历观察，这个车间的管理存在好多漏洞。虽然墙上挂着的规章制度堪称严密，但满地的铁屑、机床上的油污，以及到处乱放的工件，都说明制度和执行还有很大的距离。

从滚、插齿机过来，绕过一排排铣床和钻床，我的眼前是四十多台排成四排斜形的车床。我刚刚跨进过道，只见闪过一个人影，一只手在空中一挥，宛如一道无声的命令，至少有六七台停着的车床，几乎在同一秒里呜呜地启动了，接着就是“咔咔”的金属切削声。

我盯住了那个挥手的人，是一台长C620的青工。他约有二十七八岁，四方脸、长鬓角，高鼻梁，厚嘴唇，一抹黑黑的小胡子，嘴角上流露着几丝高傲的神色。

他身高一米七五，肩宽腰粗，体格壮实。从他一扬手几台车床同时转动的气势看，没准是这儿的头儿。

我装作若无其事的样子踱到他的机床前。他正弓腰低头干着活，但又似头上长了眼睛，一看到我，便唰唰地退了刀子，装模作样地恭维说：“许主任，给弟兄们露一手。”

果然是哥儿们了。我忍住性子瞥了他一眼，还违心地给了他一个笑脸，低头细看他手里的件，说道：“这是收获机主传动轴。”

这是一条主轴，活路精细，光洁度好，制作手艺不错。不料，他把我的忍耐当作软弱，居然挑衅说：“怎样，不肯赏脸？”看来得教训他了，否则我这个“面团”主任就要名扬车间了。头一脚踢不出，第二、三脚就更难踢了。

我抬起头，瞪了他一眼，想训斥。想起自己初来乍到，还是温和些好。于是，我用平静的语气说：“干这种活，我不会丢脸。不过要告诉你，我是车间主任，我的任务不是干给你看，而是发动大家齐心合力干。”

碰了我的软钉子，只见他神情一愣，似有震动。但他的细眼珠旋转了一轮，眨巴了几下，强打起笑脸说：“许主任，那就瞧你的了，我王公才总不会给哥儿们丢脸的。”

真混，他把我也算进他的“哥们”里去了。

二

两天过去了，二百台收获机的计划已完成了百分之七十，小四轮六百台的计划已完成百分之七十五，车间生产基本上还可以。

王公才给我的印象不错。正值盛夏季节，车间的温度高，但车工班的任务完成得不错。王公才每天都超额百分之八。小伙子干起活来真冲，往机床边一站就是几个小时，汗透的背心能拧出一把水，都没见他走到风扇跟前站一站。我对副书记老尹说：“不错嘛，像只虎。”老尹说：“别上当，长不了，有你瞧的。”

没过多久，真应了老尹的话，有我瞧的。

上午到车工班，老远就看到六七台机床前没有人，走近一看，那伙人全围着风扇坐着，跷着腿，地上扔满了烟头、冰棍棒。王公才见到我也不说话，昂着头往空中吐着烟圈。其他人见了我有打招呼的，也有起身想去干活的，但看到王公才威严的眼色，一个个又都怯怯地坐了下去，沉着脸一声不吭。当车间主任的最见不得这种东一堆西一伙地聊天，自己不干活还影响别人。我强压着火气，硬着头皮和王公才搭话说："这天真热。"

王公才的眼光透过缭绕的烟雾望着屋顶，冷冷地说："不热，有冰棍、电扇怕什么！"意思很明白：不想干！显然是在向我挑战。我不得不严肃地说："凉一凉就去干活，别老坐着，屁股上像钉了钉子。"王公才很爽直地说："我们这么坐一天，不干活，国家照发工资，发奖金，你说我们是不是剥削？剥削国家，剥削全车间干活的人？"

我真摸不透他这葫芦里装的什么药？自己出题自己解，自己抓灰往自己脸上抹。但我还是同意了他的观点，并且说："既然你明白这道理，就该去干活，要这么坐一天，一分钱没有，昨天你没听到我在会上宣布的？"

王公才一耸肩，讥讽说："说归说，没什么，杀鸡给猴看。"

什么，杀鸡给猴看？张小红三天没干活，我宣布按制度执行，出勤没出活，不能发工资，取消当月评奖资格。我原想通过对张小红的处理，把车间的消极情绪压下去，把积极因素提起来，却不料这王公才，视规章而不顾，竟向我挑战，逼我退让。

我愤愤地说："这不是杀鸡给猴看。国有国法，厂有厂规，违反制度，一视同仁。"

王公才的目光在他哥们的脸上一扫，似有几分悦色，但旋即一耸肩头，扬手打了个手式，满不在乎地说：“领教了。”

这一天，王公才就这样领着他的哥们围着电扇吸烟、吃冰棍，并且总是虎视眈眈地看着我。

我思考着，我盘算着对策，以泰然自若的神态，在他们的面前走来走去。

这时老尹走了过来，拉我到办公室，一坐下，他就问：“来了两天，什么印象？”

我本想说些奉承话，到一个新单位，总不能说人家这也不是，那也不是，把别人的工作说得一团糟，但不知怎的，我这张缺把门的嘴，张口就放了一炮：“管理混乱。”

话一出口，我就有些后悔，忙看对方的神色。只见老尹认真地点了点头，我的心才落了地。看上去他是正派人，只是魄力小。

我的心宽了，干脆把想说的一股脑倒了出来：“我查了几张记工单、领料单，乱填一气；工时定额、消耗定额有名无实，成本肯定也是虚的。大锅饭，好坏一个样。这样的车间在生产经营上，能不亏损吗？能适应企业的发展吗？”

老尹苦笑了笑：“你是看准了，在咱们车间蹲过几天的人，就是外行也不难看出，可就是谁也解决不了，唱几天高调就走了。”

我忙问："为什么？"

老尹说："你没看见今天车间的样子？"

我说："不就是那帮人吗？我不信能把我吃了。"

老尹摇摇头，满脸愁容，长叹一声，说："那是明的，还有暗的，人家到咱车间来不是干活、出力气；人家相中的是咱们机加车间的名声好听，出工不出力。有了这伙人，多高的招也没用。"

我问是谁，他怎么也不说，追急了，他推脱说道："时间久了，你就知道了。"

三

每天，下班回到家里，老婆忙着淘米洗菜做饭；我给儿子洗澡、洗衣服。

有次，老婆刚把饭菜端上桌，王公才就晃晃悠悠地来到了我的家里。打心里讲，我不喜欢别人这时登门，一早来可以多做些饭，晚来了可以沏杯茶、几支烟也就过去了。这时候要匀出一个人的饭，难办！老婆原就讨厌这种人，见了王公才拿白眼瞅了瞅我，嘴里却还热情地说："快坐下，吃饭。"

生气了关着门，尽管冲我来，但是在人前还得给我点面子。我十分感激老婆的"内外有别"的治家原则。

王公才并不谦让，拉过椅子就坐下，不知怎地，就像变戏法一样“变”出一瓶汾酒，往椅角上一靠，“啪”地打开了封盖，我猝不及防，他把半瓶酒倒进了我的碗里，其速度之快是高级魔术师一样，剩下的半瓶儿全倒进了自己的碗里，还说道：“食堂的饭不好吃，来到你这改善改善。”

我指着桌上的一盘豆角、一碗黄瓜汤说：“你打错主意了，我这儿不比食堂强。”

他夹起豆角送进嘴里，吧唧吧唧嘴说：“不错，是嫂子的手艺吧？赶明儿我娶媳妇请嫂子掌勺。”

我老婆噗哧笑出声，说：“就像你这样流里流气地整天鬼混，哪个姑娘能爱你？”

王公才端起酒碗，一仰脖，咕噜一声下一半截，瞪着红红的眼珠说：“娶不上姑娘，找个小寡妇也行。”

说得我俩笑得喷饭。

饭后，他用两根指头从胸兜里夹出一片纸来，递给我说：“许主任，昨天我胃疼，这是病假条。”

我接过一看，果然是医院开的病假证明，日期是 8 月 1 日。他昨天明明在车间坐了一天，也没到医院去，怎么就开来了证明？

他哑然一笑，向我靠了靠身子，用诡秘而又关切的语气说：“许主任，你知道你的真正对手是谁吗？不是我这样的，而是乱糟糟！”说着他站起身，也不告辞，径自走了。

我知道“乱糟糟”不是一个人，而是“乱糟糟”一帮人。指的是一些平时工作不努力，经常迟到旷工的人员。

四

在车间大会上，我宣布了张小红、王公才的病假条无效。并嘱咐车间会计邱霞，按我的决定做工资单，她满口应承了。

生产收获机到了关键的时候，地轮钢圈、无机变速盘也转到了钻床，有一部分到了铣床、小四轮的对丝因工件太小，只得用 C6140 进行加工，看样子得想办法用自动机加工，不行就外协出去，否则就会影响进度了。今天奇热，车间温度到了摄氏三十二度。大概因为我宣布的决定有些威慑作用，没有一个迟到、早退的。一个个都很规矩，冒着酷热干活，全身都湿透了。我怕工人们中暑，让后勤人员不断给大伙送去些清凉饮料。这天的任务超额地完成了。

我听过不少议论，现在的工厂不是会不会管的问题，而是敢不敢管的问题；敢不敢是第一位的，会不会是后一步的。我赞成这条英明论断。

王公才这天特别神气，扣了他一天工资仿佛比给他奖励还光彩。有些年轻人就喜欢打肿脸充胖子，拿着丑事当美事，他把我拉到机床前，非要我露一手。我见他要哥们义气，也不推辞，动手操作，车了个工件给他看看。他见我的车工活还在行，就胡吹乱捧起来，把我吹上了天。他还跟我说打架、斗殴的事现在已经不干了，只是有时路见不平，拳头还是痒痒的。

我问他扣一天工资有没有意见。他扬手打了个响指，满不在乎地说："小意思，一瓶酒。"

五

下午发工资，几百人一起涌进办公室，争先恐后，挤得水泄不通。这样发工资太乱，既影响工作又容易出错，下次一定改进。

领了工资的人回到班组也不干活，叽叽喳喳，议论纷纷，讲的都是奖金的问题。这个月任务完成得不太好，奖金平均每人不到四元，比起多的车间少三元。

我去车工班组，老远就听到王公才与那帮哥们围着风扇吵吵嚷嚷，高一声低一声地传来。

"挂羊头卖狗肉"的谩骂声，还不时向我投来敌意的眼光。我不知出了什么事，走上前去。

他们见了我也不回避，骂得更凶了："他嘴上一套，做的是另一套。"

我一听，愣了。这不是冲我来的吗？为什么呢？哪来这么大的怨恨呢？我立即想到张小红的工资问题，莫非中间出了岔？

我一口气跑回办公室，冲会计说：“工资单！”邱霞似乎早有准备，把工资单恭恭敬敬地递给我，又不慌不忙从抽屉里拿出考勤簿摊在我面前。一目了然：张小红全月工资、奖金照发；王公才扣发一天工资。

我气炸了，怒吼道：“谁让你做的工资单？”

邱霞胸有成竹地指了指墙上挂着的会计职责，漫不经心地说：“按规定办。根据考勤记录，张小红虽然请假，但有病假证明，因此属于全勤。”

我拿过考勤簿一看，张小红果然全勤，王公才缺勤一天。不用问，这是考勤员作梗了。我火冒三丈：“我事前有话，为什么不请示、不汇报、擅自作主？”

“我没有超越自己的职责范围。”邱霞异常冷静而又强硬地说。

“你失职了，同志！为什么不调查？就因为张小红与你们关系好？你不讲原则，当好人，拿国家的钱送人情，给自己买方便。”

邱霞满脸通红，说：“要撤你就撤，别找茬子折腾人，早看出你要拿我们这些人开刀了。”

真是胡搅蛮缠的刁泼女人。我没顾得及细想，冲口而出：“我无权撤你，但有权停止你的工作。你现在先检讨认错。”

邱霞“啪”地一声把一串钥匙甩给了我，转身飞跑出了办公室。

她一出门就“哇”地一声哭开了，像受了许多委屈。我的心“咚咚”直跳，担心自己是否过分了。

等我平静下来后，又仔细想了想，觉得没有错。

最后，我向职工们宣布了一个决定：邱霞停职检查，撤销车工班考勤员，另选；重申张小红病假证明无效，工资和奖金下月扣除。

这件事不到两小时就传遍了全厂，成了“号外”新闻。

六

王公才见了我格外亲热，笑嘻嘻地说：“行啊！可以当厂长了，有胆略，我选你。保证三十票——我有三十票！”他竖起大拇指，扬眉吐气，心悦诚服地说：“你昨天的一把火烧得好，可给大伙解了恨。”我说：“你要真正做个有贡献的好工人，你那天领着一伙哥们静坐向我示威，还提酒登门耍鬼就不对。有意见可以提，再胡闹就处分你。”他用食指指着自己的鼻尖说：“你以为我是送礼拉关系？没门。你调查调查哪个干部喝过我的一杯酒、吸过一支烟？我是探探你。那天从你家回来，我跟大伙说，行，可靠，是为哥们说话的。往后得好好干，给你争脸。”

七

我的生产副厂长到了，他年轻、懂生产，是管理车间的一把好手。下午，我们对生产车间的问题开了会，选举了两名值班调度，并报厂备案。由两名调度，分别带各班并选举各班组的班长。

对车间人员进行整顿，重新强调组织纪律，重申连续旷工十五天、间接旷工三十天坚决辞退，落实厂规厂法的重要性、必要性。

加强外协工作，重点加强同东北油泵油嘴厂的外部联系，充分利用我们厂的优势和东北油泵油嘴厂的特点互相补充。加工小的产品，我们的大设备加工大的产品达成协议。

由我兼任车间书记，老尹任命车间副书记并从事车间一、二类工装生产。重点抓好职工思想教育工作，如抓党群团组织及工会的建设。这样，各项工作就序，生产和管理各项工作走向了正常。

我听到这里，禁不住大声称赞，说：“只要路线对了头，就能走向一条正确的道路……”

这次谈话后，我又找了老尹、王公才、张一红等其他同志，对车间过去、近期的情况都进行了对比、分析，把情况说明，经整理后上报给了党厂长，并在《工厂情况》进行了刊登。

落日一片铺在山脉上，松花江水正泛着一层淡淡的霞光……

离开收获机械厂近三十年了，回想起来感到无比的自豪，汗水和辛勤战斗过的地方，应当更芳香。

北大荒的小城

风掠过松树林子的梢头，柞树、桦树都轻盈地摇曳起来，看不完这些蓝梢的松林、柞林、桦林，奔腾不息的松花江水。我只是盯着前方，眼睛里茫然模糊，心里却看见了小兴安岭雄浑的暮霭和两翼温柔流动的山前草地。

回想当年，秋风把松花江流域的草甸梳理得平平展展的时节，由书记刘风林、场长贺长春带领一百二十名转业官兵，沿着江堤北部的沃土，披荆斩棘，他们的足迹就是路，沉睡的荒原被唤醒，狼虫虎鹿遁逃深山。

从此，松明篝火烧荒原，人欢马嘶建军屯。官兵挥臂呼喊，马达长吼轰鸣，她——依兰农场诞生了。

当年的烧荒烽火虽然早已烟飘云去，然而，经历过那段苦风涩雨的人，却把它铭刻肺腑，精心珍藏。

现在这个小城仍叫依兰农场，马路上没有灰土，也没有垃圾，非常干净。风吹过时，没有纸屑一片片像蝴蝶一样乱飞，更没有灰土扬起迷了人的眼睛。

依兰农场有一条省际道路，沿着农场的边缘穿场而过。另外一条道路是农场进场的主要道路，是一条东西走向的路。路是水泥的，路的两边是大理石铺的马路牙子，有一米五宽，高出水泥路面三十多厘米，马路牙子下面有下水道等一些设施顺着路而下。路的两边，是修剪的树木，有松树、丁香、榆树等等。树叶如同水洗过一样，绿得亮眼，绿得清新，绿叶中，有鸟儿清纯的叫声流淌下来，带着一丝悠闲，还有一丝洁净，在绿色里荡漾着，沁入人的耳朵，融入人的心中。随着树林间出现鸟的叫声，一声声鸟鸣如一粒粒露珠，清心明目，滋润身心。

路上，有车不急不慢地驶过，在两旁的青绿中，如同一尾尾银色的鱼儿，划过绿色的水波。与进场主道交叉的这条横道是南北走向的，在北边是学校，在学校的周围叫丁香园的公园。这个公园被成片的丁香树环抱，景色怡人，是一处集休闲、娱乐、健身于一体的场所。

公园的前身叫北大壕，说起北大壕那是过去的事情，早在 20 世纪 50 年代，这里是一条人工修建的水渠，时间久了，渠的两岸长满青草、野花。野生的淡水鱼和青蛙在此繁衍生息，许多小动物来此安家落户。

后来，农场盖起学校，我们也长大知道学习了，我们的心渐渐回到了课堂，慢慢地离开了北大壕中。

北大壕的故事虽然比较久远，但是它是历史的见证。今非昔比，过去的北大壕早已不见，而替代北大壕的是一处丁香公园，是让人们赏心悦目的地方。

再往前走，在一栋栋楼房衬托下的就是幸福公园，这个公园的内部栽种了各式各样的树木，有果树、松树、桦树等等。流水潺潺，曲径通幽，融合了自然与人文的优点，这里四季景色美不胜收，令人陶醉。每当夜幕降临，人们从四面八方聚拢而来，伴着五颜六色的霓虹灯光和嘹亮悦耳的鼓乐声，谈天说地，跳舞唱歌，练拳击剑，尽情地享受生活。

1958 年，依兰农场陆续建起了砖瓦房，盖起了医院、学校，家属住区百分之九十以上的职工家庭都住上了砖瓦房。2003 年依兰农场第一栋五层面积七千平方米的住宅楼拔地而起后，紧接着又有十八栋住宅楼包括老年康乐中心、宾馆、医院、学校相继建成。目前，依兰农场大部分居民住进了宽敞明亮的楼房。那一栋栋造型美观、风格各异的新型住宅，已成为依兰农场小镇建设中一道亮丽风景。住宅的不断改善使越来越多的依兰农场人喜上眉梢，心花怒放。

顺着这条道路再往前走就是松花江边的怡园了。一条弯延的大江——松花江，在农场的公园边上走过，远远地看着江水就如同女孩子的眼光一样柔，一样亮。水边是一排排的野生白杨树、柳树。柳条如同睫毛一样，围绕在水边。芦苇，青青葱葱地随着沟塘随意地生长。水鸟拍着翅膀，在夕阳下一圈又一圈地飞着，翅膀一敛，隐入暮霭中去。江边的水中游荡着渔船，渔船中起网的渔夫正在收获着丰收的希望。

拐过马路，有一条小巷。沿着小巷走着，旁边的楼上，不时露出一盆盆的花儿，一位老妇人正在修理着花枝，这正是我的岳父岳母家。说起我的岳父岳母，原来在佳木斯我们两家是邻居。在 1968 年，农垦总局成立生产建设兵团，一夜之间，农垦总局的老转业官兵就要下放到农场去。当时，我的岳父在农垦总局物资处工作，他后来回忆是给物资处处长郭茂连当秘书，后来又和徐相魁叔叔在一起工作。下放的地点有两个单位，可以自由选择：一是佳木斯肉联厂，当时他没看中这里的工作环境；而另一个就是有山有水的依兰农场，所以就选择了这里。在这里一住就是四十多年，开始在组织科工作，后来到了连队，最后在农场物资科任保管员直到退休。我们家也在那年去了虎林 850 农场，后来在 1975 年到了兵团收获机械厂，1992 年返回佳木斯。我的岳母名叫孙锡风，为人正直善良。1968 年全家搬到依兰农场后，一直从事妇女连的劳动工作，在果园、服装厂、连队劳动，砖厂推车，一直工作到 20 世纪 80 年代，为农场的发展建设贡献了自己的一份力量。

现在走进房门映入眼帘的是一盆盆的鲜花，仙人剑开着粉色的花；长寿花开着红色的花、白色的花；黄金塔开着黄色的花；兰花、四季兰、虎尾兰、元宝花、紫根兰、三角梅、芙蓉花，五颜六色，竞相斗艳，简直到了花的海洋，我的岳母在给花儿浇水、整理花枝。

小城每天早上就开始热闹起来，医院运行正常，孩子们开心地上学，清洁工人在街道上清理垃圾。大家吃罢早点夹着包，或步行柳下或车行桥上去上班。一天的劳累结束后，带着孩子，带着妻子，一家人高高兴兴地沿着马路轻松地散步，或者沿着小巷边走边聊，对一片绿地和花儿指点笑谈。

这样的小城，如同郁金香，红红火火一片蓬勃，却生长在静静的小巷深处……

我快活地坐在窗前，流连于这片绿色斑斓的海洋。

扑灭山火的记忆

去年六月的一天，我回到了原农垦依兰收获机械厂，在北山我又走进了林中，踏着落满树叶的小路，装在脑子里的烦恼被林子中新鲜清香的空气冲洗得干干净净。

“嘿，这是野猪蹄印，刚过去的。”穿过了山谷，找到了野猪的蹄印。

沿着蹄印悄悄寻找，我很快就发现了野猪群。站在离我二十米远的桦树丛旁，一头硕大的野猪披着一身黑褐色的毛，晃动笨重的大脑袋，嘴像驴一样，鼻子大得出奇，带着一群小野猪悠闲地走着……望着这自然环境，我的思绪一下子回到了二十多年前……

原农垦依兰收获机械厂，坐落在黑龙江省依兰县境内的松花江北岸，三面环山，一面临水，山清水秀，厂区被小兴安岭余脉的山林环绕。那里没有高山，厂区周边都是连绵起伏的山冈丘岭。山林大都是天然的次生林，多生长柞树、桦树、松树、杨树、椴树等。一方水土养一方人，这里的山林曾给在这里生活的人们带来很多物产，而工厂生产的主导产品曾经风靡一时，畅销省内外。

过去山里的树木一直是我们取暖做饭的主要燃料，山里生长着各种中药材、野果、野菜、木耳、蘑菇等。

每年一到春末或秋初，上山采野菜、蘑菇的人群就像赶大集一样，络绎不绝。采集大军里有年轻的、年老的，还有孩童，每个人胳膊上都挎着一个筐，身后背着一个大花筐。

当太阳落山前后，在夕阳的辉映下，人们陆陆续续地从不同的山林里走出来，北沙场、防火塔，东面的二狼山、黄太沟，西面的防火道、二连东山等都汇集到通往厂区的大道上。大家都是高兴而去，满载而归，大筐、小筐都装得满满的，装满了收获，装满了快乐。

我在依兰收获机械厂印象最深的，不是采山果、山野菜、蘑菇，而是防火季节出现的山火。

那时，我在动力车间。那天中午下班，我随着下班的人群往回走，五月下旬锅炉停了，车间是检修时间。室外明媚的阳光照耀大地，到处都是春的气息。

走到市场边上有几个打渔人在卖鱼，我顺便买了二三斤回到家里。

中午刚吃过午饭，突然警报响了，接着广播中呼唤着人们到广场集合，北山突发山火。我整理一下，把裤腿扎好，拿着铁锹到了广场，和动力车间部分人员上了汽车直奔北山。

北山生长着柞树、桦树、松树、杨树，凶猛的大火在无情地燃烧着，整个山林都被它烧了起来，车到防火通道停了下来，刚到山边就听到有位同志大声地呼唤着人们：“灭火的同志请注意，到顺风的地方灭火，不要顶风上。”这时，我们都听从指挥，在顺风的地方开始灭火。带铁锹的，拿着铁锹铲灭树下的火苗，没拿铁锹的，用树枝奋力地扑打着……

不一会儿，就听到有人在呼喊：“那边火势大起来了，赶快去一些人。”

火在东边烧了起来，我们穿过长满灌木丛和杂草的山谷，走到树林的边缘，沿着火带一字排开奋力地扑打着，火在燃烧着，同时也在发着威，烤得大家不停地退下来。

在大家的扑打下，火势慢慢弱了下来，只剩下了零星火点。最后，机关人员、车间人员被要求回去了，留下农业单位的人员清理残火……

之后，我调到供销科、机加车间、厂办公室等单位，但是山林的火灾还时有发生，加强防火意识的宣传是永恒的主题，工厂设立了防火塔，派专人巡护，但只要一发生山火，我们除关键生产的车间不动，其余都要冲到一线及时灭火，努力减少火灾带来的损失。

这年上山采野菜、山果、蘑菇、木耳的人络绎不绝。每年到了这个季节，家家户户的餐桌上，都多了一道道不花钱的山野美味。鲜蘑菇、木耳等吃不了，不便于储藏，于是各家各户的院子里、房顶上都晒满了榛子、木耳、蘑菇。一时间整个厂区都飘散着山货的芳香。

1986 年又发生一次火灾，那时我已经担任了厂办主任。救火是刻不容缓的事，需要马上扑火。

这时，值班车辆不在家，怎么办？我突然想到，通信站的长江前三轮摩托车，我马上找通信站长，要他们把摩托车准备好去火场，车马上过来了。我们上了摩托车快速奔向二狼山火场。

这时广播不停地喊着，车队的汽车也都到达了广场。我们骑的摩托车马上到了二狼山的防火道，只见火光冲天，大火又在不停地燃烧着。我们的心情非常着急，恨不得一步赶到。这时，前面有一个沟，摩托车从沟上越过，我赶紧手握护栏，只听“咣”的一声，摩托车飞了过去，可我的手腕迅速肿胀起来，但我顾不得那么多，赶快组织人灭火……

火越烧越大，风也越刮越急，火借着风力从东到西，裹着旋风的火疯狂地燃烧着……

这时，车到达了，机关、车间、农业单位的人也都已经到了。

“快，车间往前走，农业单位其次，机关在这依次排开。”灭火的队伍越来越大，人们拿着铁锹、树枝奋不顾身地向前扑着……

我由于手腕肿胀，只好一只手拿起树枝，不停地抽打着。

东边的火势逐渐小了，他们抽出一部分人清理残火，另一部分人过来帮忙，火终于灭了，望着大家被熏黑的面孔，我不禁乐了起来。

我们翻过了山坡，来到了通往二狼山的岔路口停下了脚步，眼前是一块标语“进山防火，勿带火柴”，有几个采野菜的人，正在往山里走着，我们看着。

这时，司机说：“我们走吧，回去吧。”

我说：“走吧。”

然后，大家才恋恋不舍地沿着小路走了下去……

东北人都是活雷锋

夜深人静，已经十一点多了，双河饺子厂的下班时间快要到了，紧张地忙碌之后，各自收拾手中的活，把余下的面团、剩余的饺子馅、面板上的面粉全部收好，交给李杰，然后纷纷下班了。李杰收拾完后，看了一下，没有落下的东西，和夜班师傅交代一下，推着自行车赶紧走出了工厂。

深蓝的夜色不知是从地上升起来，还是从深邃的星空里降下来，把星星、胡同和这条道路融合在一起。

她惦记着家中的孩子和自己的母亲，惦记今晚丈夫又要加班，不由加快了步伐，推车赶紧上车前行……

哎呦，自行车突然蹬不动了，再蹬仍然不动，坏了……

李杰抬眼望了望胡同里昏黄的路灯，夜深了，到处是一片片黑黝黝的怪影。“唉！这倒霉的自行车！”她从心底发出一声无可奈何地感叹。

她想到前面市场一侧，有个修车的老头，赶紧推车，紧奔市场而去。到市场了，黑乎乎的一片，市场修车铺如黑暗中的一个怪影，老头早已下班，谁会在这里等待。

她拿起手机赶紧给上夜班的丈夫打电话，电话那头，他正在工作没时间过来接！

哎，“这工作真没法干了，谁理解呀！”

“碰到人，一定要张嘴问一下会不会修自行车，说不定会遇到一位。”她心想。

过了一会儿，身后传来一阵阵摩托车的声音，李杰“哎”了一声，骑摩托车的小伙子已经一掠而过。

突然，骑摩托车的小伙子又回来了。

李杰心里却紧张起来：“他怎么又回来了，是……”

“你刚才喊我吗？”

“啊，没。”一种女性特有的矜持和防卫的心理占据了上风，谁知他是不是好人呢，她语无伦次了。

“是自行车坏了吧？”小伙子用一双憨厚的大眼睛望着她问道。

李杰稍微镇静了一下道：“链子卡在一块了，不知你能不能帮我修修？”

她讷讷着，低着头，心里升起一线希望的光。

小伙子大方地说道：“我给你看看！”

他把摩托车停好，仔细检查了一下她的自行车，然后说：“里面卡得太紧了，拆不开呀，得需要工具。”

小伙子看了她一眼，接着说：“你别急，出了市场，你顺出城大道往北走，到第 23 号楼的下面，有个修理铺，修车的姓金，叫金大爷。你去看看吧！”

小伙子二话没说，跨上摩托车，飞快地骑走了。

李杰心里又是一片黑暗，她心里说：“好不容易碰到一个好心的小伙子，结果是这种结局。”这个出城大道，不知走了多少遍，从来没有听说有一个姓金的大爷修自行车。既然如此，再往前走走也无所谓。

“这号人，修不好就修不好呗，别拿这事来应付我！”李杰心里想着。都半夜十一点多了，哪家车铺这时还有人上班？她在心里咒那小伙子：“如果没有修车铺，叫你今晚总做噩梦。”

想想家里的孩子、老母亲和上夜班的丈夫，李杰心中充满了委屈。

“就信他一回。”她推着车子，出了市场的路，走上了出城大道，沿着人行路往前走，一排排的楼房数了过来，李杰忍不住往左手方向看了一眼，23 号楼的边上，果然有间屋还亮着灯，门口坐着一位大娘，在大娘的身边还放着一台半导体收音机，放着《东北人都是活雷锋》的歌，她踌躇地站住了。

大娘看着推车的李杰，冲着她喊了起来：“姑娘车子坏了吧，来吧！”

“哎呀，真是车铺！”李杰觉得周围一下子亮了起来，沮丧、委屈、恐惧，一股脑儿全没了。

大娘看着李杰推着自行车，赶快让金大爷把自行车推到灯下，刚才骑摩托车的小伙子竟然也在，他正在找着工具。

小伙子伸过头来，冲李杰做了一个鬼脸，说："我不说这里有个修车铺，恐怕你不会来的。这么晚了，自行车又坏了，谁不着急呀！"

大娘又问道："姑娘家在什么地方住呀？"

李杰答道："住在农研所。丈夫在二机床上班，家中还有个五岁的儿子由母亲照看，我在双河饺子厂上班，下了夜班正往家赶，没想到自行车坏了，真是急死人了，多亏遇到你们。"她说完竟然紧张委屈地想哭。

大娘忙指着小伙子说道："这是我儿子小金，他送媳妇去瓶盖厂上班，回来就急忙把我们叫起来，说有急事，哎，遇到这事谁不着急。"

"瓶盖厂离我们单位不远，今天他们厂还有人在我们饺子厂买饺子呐。"李杰说道，"酸菜馅饺子是市优产品，明天给你们送点来尝尝。"

大娘高兴地笑了起来，连声说："你太客气了。修车是我们举手之劳的事情。"

金大爷说："有扳手，没有套管，自行车卸不下来。"

小金说话了："自行车修不好没关系，你骑我爱人的车回去吧。"他说着就拍了拍摆在身边的自行车。

金大爷说："我看行，明天上午，我去市场找工具，这点小毛病好修。"

大娘说："姑娘，遇到事情要冷静，现在还是好人多，明天还要上班呢！赶快回去吧，这条大道路灯亮，沿着人行路再向前骑二十分钟你就到家了。"

金大爷、小金、大娘，送李杰上了回家的大道。

一路上，微风吹着李杰的长发，拂到脸上痒痒的，却又很舒服，因自行车坏了而带来的阴影很快在她心中消失了。

金大爷家，《东北人都是活雷锋》正在播唱着……

"对了，明天别忘了给金大爷这家人带酸菜馅饺子。"李杰牢牢地记着！

东北的夜色多迷人，她在出城大道的人行路上，快速地往家驶去……

一路走来

生命的海洋不管如何喧嚣、波澜起伏，人与人之间的光明、温暖、真诚、正直、善良，永远都是人类的追求和渴望，是人性中最光辉和美好的画面。

连日以来，像黑夜一样围困我生活的阴翳，渐渐飘散。

经过几年的农药经营，我摆脱了困难的局面。每年的农药经营结束后，我们都要参加农药厂家的农药订货会，参加会议的同时，厂家增加许多内容，在活动中增进了友谊。

有一次，我是在青岛双收农药厂参加总结会。我们住的是青岛的黄海饭店，四星级酒店。哈尔滨来开会的人较多，省植物保站崔长春也参加会议，佳木斯市是我和郭志强参加。

这次会议开了之后，在会场上，郝壮通知我说："你的销售业绩在东三省排在第一名，你准备发言。"

一阵推辞之后，我决定上台发言，说道："首先我感谢青岛双收农药厂给我们的这次机会，没有双收农药就没有我们今天的一切。其次我们感谢双收农药厂生产的农药品质好，价格合理。第三感谢双收农药厂的郝壮及小王，想农民之所想，急农民之所急。"

在青岛我还有一个任务，就是销售黏玉米，来之前我已经确定了客户，这次就是要去看一下。年初时我和农垦多多集团冷冻厂已经签订了十晌地的黏玉米销售合同。这是我的客户种植的，我给签的合同，可是，当黏玉米成熟后，冷冻厂又取消了合同，结果十晌地的黏玉米只有让我自己来销售了。这次在青岛我找到了客户，顺利地销售了黏玉米。

在农药销售上，我们和外市县、农场建立了销售网络，和很多的销售商建立了很好的友谊，如依兰县的梁玉国，他是植保站长经营农药，我们之间的友谊一直保持了多年。每年农药销售结束后，我们一同去开会，一同去厂家。

笔架山农场的郭英杰，他是农场物资科的副科长。我们交往了多年，建立了深厚的友谊。绥滨县农业技术推广中心主任王殿军、罗北县农业技术推广中心的副主任仝玉君，也是我们的好朋友。红旗岭农场的焦新秋、青龙山农场的赵吉平都是我们合作的好朋友。

我的农药经营就这样开展着。我儿子的学习情况，非常不错，他已上了高中，而且学习成绩在学校名列前茅，我为此感到欣慰和自豪，并为他写了一首打油诗："一十七岁是我儿郎，早应自立肩大梁，倘若今日放学早，扛起板斧砍柴忙；我儿今日十七忙，拖拉机汽笛鸣得响，家有良田千万顷，年年收得万吨粮；十七我儿长得壮，驾车一路奔远方，打的不用借别人，坐车幸福供我享。我儿十七道路长，人生之路要远望，不为眼前短利益，我送我儿去学堂。”

提起儿子，想起他在初中时，我在农药市场经营的一段往事。

那时，我们在农药市场经营一家店铺，而我们的办公室在农垦科学院内。那天，我们办公室来了许多的客人，我在招待他们，而农药市场的店铺需要有人看管。正值学校放假，我就让儿子和他的妈妈到了农药市场。他妈妈到了市场后，因为临时有事而离开了那里，只留儿子一个人在看守店铺。

这个季节，因为天旱地里生了虫子，所以，许多的经销商前来进货。儿子一个人，又卖货，又收款，又到仓库提货。而且，收了很大的一笔货款。许多人都问：“小师傅，你干几年了？”我儿子只笑不语。

又是阳光如注时，而日子正排列着，从永远走向永远。

随着经营时间的变化，人员在不断地变化着，刘伟因农垦总局检察院招考录取，被调到农垦总局检察院工作；李贵、老梁因设立分公司而派遣到分公司工作；李淑艳调到哈尔滨工作。王德玉、彭文明、徐星艳、郭建因原来工作的三江食品公司倒闭，就来到我公司工作。司机老王和从佳木斯的黑龙江农业职业技术学院新毕业的杨海军也到我公司工作。

这时市场上又新生了许多股份制企业、个人企业。肇东的一个朋友告诉我：“你干生物肥吧，干这个前景还可以的。”

就这样，我们走到了一块。

开始是由肇东提供菌剂，我们是在庆安县复合肥厂生产，我们生产了二百吨，然后由庆安县复合肥厂派车送到我们厂。这时，我们起草了生物肥的企业标准，并在技术监督局备案，我们的销售情况还可以。我们第二年和依兰达连河肥厂宋志诚结识，并以同样的方式进行生产。同时，我们购买了生产生物菌剂的设备，并到省土肥站申请办理许可证，并取得了生产许可证。我们又在农垦总局农业局做生物菌肥的产品实验，并取得了实验示范报告。

2004 年，我们生产的生物肥销售呈上升的趋势，同时，在省土肥站我们又办理了生物肥拌种剂、水稻壮秧剂、叶面肥等产品的销售许可证。

这一年我在售农药、生物肥的同时，还要关心儿子的高考。这段时间，我的丈母娘、丈人带着小舅子的孩子来上学。在三者之间，哪个也没放下，一同度过了紧张的 2004 年。

孩子在一中学习期间，我们也搬到了学校附近居住。

等到高考结束了，我儿子考上了南开大学。

关于这次高考，儿子心中还是有些失落的，没有达到他原来的学习成绩水平，原成绩在一中排第二、第三名次，可是这次只排在第八名。但我们认为他还是很棒的！

这一年的年底，我得病住院了，得的是腔梗，由于住院及时、用药得当，经过十四天的治疗，我顺利出院。经过这次住院，我深知健康的重要性，一个人如果没有良好的身体条件，一切的努力都是无济于事的，必须养成一个良好的生活习惯。

2005 年的生物肥料生产销售开始了，我爱人始终和我在一起，从省土肥会订货，到省生物质检站开会，还有双城生物肥料厂，达连河肥料厂处处留下了她的足迹。她是我生活中的伴侣，处处体现互相帮助，共渡难关的情谊。这一年，我们销售取得了良好的成绩。

人的一生是一首歌，一首永远也唱不完的歌。在三十多年的相知相伴中，有过憧憬，有过期盼，有过拼搏，有过奋斗。虽然没有谱写过那种惊天动地的人生宏伟乐章，却也给自己留下了一段听起来能让身心得到休息，灵魂得到寄托的旋律。

儿子在南开大学的学习中，刻苦努力，不仅在学习上严格要求自己，攻读双学历，取得了良好的成绩，而且积极参加社会活动，看到他所取得的成绩我们从心中为他高兴。

2008 年，儿子即将毕业了，在选择就业还是继续深造这个问题上，我支持儿子的选择。

2008 年，生物肥料销售进入了低潮，价格低而且市场情况销售差。这一年，由省土肥站办证转变由农业部办证，我们按要求到农业部办证。

这时，我们准备实验示范材料和省级农业行政主管部门的有关材料，及菌种鉴定资料，准备到农业部微生物肥料质量监督检验测试中心，办理相关手续。

在办理相关材料的同时，我们又开始了新产品开发工作，固体调酸粉这一产品的上市，我们公司又有一款产品了。这个产品是针对水稻苗床开发的，主要是针对稻田喜酸的特性研发的。经过了两年多的准备、销售，我们的产品基本上占领了市场。

2013 年，我去天津顺道去了盘锦，看望小时候的同学。老同学于良波送给我一本《盘锦万象》，该书比较详细地介绍了盘锦的发展演变史，它的开篇是这样写的：“初来乍到这个城市，您的第一印象应该是个‘新’字。新马路、新楼盘、新绿地、新厂房、新学校、新移民……真新。”我与分别了四十多年的老同学于良波及在营口的同学吴洪胜（在营口工作）在盘锦相会。

我到了盘锦后，对这个地方有了新的了解，盘锦概括了一个“新”字。对于我的同学，一个来自北大荒，在盘锦工作近三十年的纪检工作人员，是不是也是“新”呢，时势造就人，他在盘锦工作努力，事业有成。另一个同学吴洪胜来自部队，他是从四师三十八团当兵，后转业到营口，也有二十多年的时间了。

时间过得很快，也正像书中所提到的那样："上个世纪的80年代，为了开发盘锦，服务油田，辽宁省委抽调大批干部和专业人才来到盘锦组建了盘锦市。从此一个新型的石油化工城市在渤海之滨拔地而起。"

2011年4月，我们的微生物肥料临时登记证已经下来，半年后，又要进行一轮的产品试验工作，我们又对小麦、西瓜、马铃薯三个作物，做了新的实验示范。

2015年2月10日，国家肥料登记证，准字下发。

2014年，在北京，我和小时候的同学付广军、付作胜、宫兰井、刘树春、郭志芬、曹坛见面了，他们是五六十年代随父母到北大荒的北京公安五处人员的下一代人，或是北大荒返城人员的爱人，后来都返回北京。

2015年年底，我们在北京通过何金香的联系，又和我们的老师相见。同时，我们联系上的同学又增加了，在北京海淀带孙子的李士云、在北京通州的赵青梅、在河北燕郊的张玉。同学们相见，欢聚一堂，大家共畅往事，回忆过去，感慨万千。是啊，过去我们都是孩子，如今头发已斑白，注重身体保养，让我们更加关注北大荒的明天，自勉夕阳红。

生活在北大荒这片热土，有我父辈"老一代"的创业精神。无论是顺境、逆境，他一直坚守着心灵的高贵和生命的尊严，一直坚持着崇高的理想信念。他给我们树立了学习的榜样，给我们指引了人生的方向，让我们重新思考怎样生活，怎样不随波逐流，怎样同命运抗争，以及怎样去做人，这段经历值得我们永远珍藏铭记。

岁月无情，风儿依旧，你那颗心是否仍然不变？

时间就是这样，在台历上一天天地过去，变成人生当中永久的历史。

香兰镇上的办事处

一辆轿车在香兰镇停了下来。

笔直的一条小街，酒馆、饭馆、旅店，各种小买卖、小吃摊子，互相挤着争夺地面，挤得你出我进，各种牌子的运输车辆，空着的、满载的，又衔头咬尾地停靠在小街两侧。

在火车站旁，有一个不大的院子，这个院子，曾是黑龙江生产建设兵团收获机械厂办事处招待所的所在地，虽然更换了主人，但是，新的主人热情招待着我们。从车上下来的徐永星、侯国光、郝辉、金成哲、刘喜仁，说明了来意后，不停地四处观看着，仿佛又回到了四十多年前……那时，正是二十多岁，他们和北京、天津、上海、哈尔滨、宁波、佳木斯等地下乡知青，以及兵团一机厂、兵团二机厂等地的工人来到了兵团收获机械厂，这里成了出入的地点。那时招待所、车站是多么热闹，每天人来人往，出去的、回来的，挤满了这里，一到节假日人员更是应接不暇。

观看着兵团收获机械厂香兰办事处旧址，仿佛又回到了当初……

一辆红白相间的大客车停在院子里，在车的周围聚集着各路的人员，正想乘车返厂，电影队的祁润成坐在放影片的箱子上，也在悄悄地等待着。在招待所食堂的门口，厂供销科的赵振秀背着一只帆布包……

在招待所的房间内，人们正一群一群地走出房门。

车门开了，人们这时就像火燎一样，从车门里挤进去，从车窗里翻进去，从驾驶员的舱门爬进去……

男人们在敞开喉咙争执，女人们则尖利而急迫地呼叫，到处都有东西在碰响，脚踏着铁皮了，扁担撞着车厢了，还有人拱着脊梁横在车窗上。倏然间，一只鸽子挣脱出来，在人们的头上惊慌地飞翔，但爪子却还是缚着的，跟着又跌落下来，翻着黄色的眼睛，绝望地扑打着翅膀！

这时候是下午一点钟，兵团收获机械厂办事处招待所的门口，所有要返厂的人员都指望这一辆大客车了。

“不要翻窗户好不好？”驾驶员大声地喊道，他是厂车队的驾驶员，熟悉他的人都叫他“马大客”。

“马大客”连忙又回过头来说道：“把包、扁担放到车顶上！还有这些配件……”

但是已经不行了，尽管他声音嘶哑地喊出来，焦急得仿佛要哭出来，人们却都似乎听不见。一张张的面孔都紧缩起来，变得那样的吓人，让人说不出的惊愕，乘车的人也愈来愈多。座位很快地就被占满了，许多人头在车窗外边攒动。

……

我们几个人在香兰原兵团收获机械厂招待所内，沉浸在对往事的回忆之中……

这时，郝辉突然讲起乘客车的一段往事：

“那是在1975年，我和刘喜仁在民兵指挥部，接到了要回佳木斯市兵团物资供应站购买全体人员的服装的任务。你们想一想，民兵指挥部二十多人的服装，我和喜仁领完之后，把两个大箱子，还有两个大提包拿回去得费多大劲呀。

“上车时人多，我们两人因拿东西多，没办法，只好扒窗户上车，好不容易在车的最后挤到了一个位置，喜仁坐在箱子上总算有了地方。

“这时，在车下有人又要往上扒，还有不少东西。扒上车一看，正是机加车间的哈尔滨市青年，他边上边说‘照顾一下，出门在外不容易’，愣是在喜仁的箱子边上，挤着站在了那里，而且，还抬不起头。边站着，边给我和喜仁道歉，一个劲地说‘对不起’。”

郝辉接着说：“那么多的人，都以一种慷慨悲歌的我不下火坑谁下火坑的姿态站着，即便是紧靠着车门的那位，看上去也谨慎了许多，深怕那车门会关不上，也时时地把身子侧过去……”

“要过春节了，厂里放假了，我们五六个人结伴回家，拿着大包、小包，挤着上了客车。结果，在乘火车时，侯国光丢了包，又在新发车站下了车，跑了一个小时才回到香兰，脸都冻坏了。”郝辉突然想起这件事。

这时刘喜仁笑着说：“说说吧，国光。”

侯国光看了看身边的金成哲，说：“没有金成哲哪有这事呀。”

大家看着他俩，哈哈大笑。这时的金成哲，用手挠着头，“这也不能全怨我呀。”也跟着大家乐着。

在大家的欢笑声中，侯国光又把那段往事徐徐地说了出来：“那时天也是很冷，这是一趟开往佳木斯的慢车，我、克义、喜仁拿了几个包上了车，张豫清、李春江、金成哲迅速在车下往上递着剩下的包，我们在上传接着，火车停车时间是两分钟，金成哲最后看了看站台，说‘没有了’。便和春江一块上了车，在清点行李时，发现我的包不见了，我估计是站台没留意，落在站台了，我赶紧和他们交代一下。这时已到了新发车站，我赶快下车，顺着铁轨往回奔跑，西北风呼呼地乱吹着，我用大衣裹着头，只顾跑着，约摸一个小时，我终于跑回了香兰火车站。天哪！站台上，我的包还在那摆放着！但是，没有去佳木斯的车了，我捂着冻红了的脸、耳朵，拎着包，回到了香兰兵团收获机械厂办事处招待所，住了一夜，等着第二天的火车……

“招待所的窗户虽说不大，床头上却溢满月光，月光洒在我冻肿的脸、耳朵上。夜那么静谧，我翻身坐起，唉！就剩自己了。”

现在他又一次走到招待所的小窗前，面对一街的喧嚣，默默地站了许久……

“是呀，那是多少年前的事了，现在回想起来依然令人心情振奋。”说话的是徐永星，接着他又说道：“我在供销科工作了几年，与这台大客车出去、进来，打了多少交道。彭强、王书梦、雷纯、毛洪生、赵振秀、于洪凡、张风岐、康志友、付国金以及车间的李建解，为了购买紧俏的物资，奔波在物资战线上，他们天天出门，到香兰后再奔赴全国各地采购物资，为兵团收获机械厂而努力地工作着。唐山、天津地震时，有他们的身影；黑龙江化工厂焦碳发运同样有他们的身影；武汉机床厂各类设备的运输也有他们的身影，想到那时正年轻，正有干劲呀！”

“好了，走吧！”告别了热情的主人。侯国光驾驶着车又要启动了，我们要到过去的兵团收获机械厂去。

这时，毗连的水田和大豆、玉米地开始旋转了，汤旺河的水在斜斜地移动，电线起伏地在追逐着，迎兰的黄太沟过来了，成片的柞树林子，朝着人们的面庞迎上来，跟着又退下去……

我们在沉思着，好像又乘着兵团收获机械厂的大客车，

“马大客”开着客车，把身子欠起来，把挡位加大了一挡，车窗也就迅速地朝那一片青绿的林子迎上去。哦，这一片柞树林子很快就会从车窗消失，那时，一片广阔的平川就会在眼前出现。

此时，小兴安岭浓重苍茫的雾霭开始升腾，即将化为云！

白杨树下

一阵震耳的轰隆声不断传来，桥上正奔驶一列长长的货车……街两旁是一棵棵高大的白杨树，一片片密密层层交错着的叶影儿落到街心上来，遮得整条街道都是阴凉的，显得那么幽静。

我们社区的楼下生长着一排白杨树，已是绿荫如盖。平时在树荫下纳凉，太阳会透过稠密的叶缝，洒下些金黄色的光点。这里是与朋友们聊天的好地方。约了几个退休之后的朋友，到我这玩，谈古论今，谈天说地。这次，侯国光、金成哲、王志波、赵继德又到我这里，坐在树荫下闲谈，好不悠闲惬意。

金成哲，小名金老大，过去是农垦总局肉联厂机修的推销员，能说会道，话题一打开就停不住，他说："那时，我在农垦总局肉联厂机修什么活都干，还给农村干犁、播种机配件什么的……记得那次去友谊农场三分场送货……窗底下突然响起轮式拖拉机开始发动时噼噼啪啪的声音，一听就知道来人了。我把记完的纸条往褥子下一塞，就跑了出去。果然没错，厂长坐在机车上，低着头把拉来的配件交给我，让我去送货……"

“我匆忙拉来十几件犁铧、播种机配件等，塞进长途客车的尾座下。我刚装完货，便有旅客陆续上车，最后四十五个座位全都满了，车开出站门又有五六个人上来站在过道上。

“随车售票员从车尾开始卖票，为照看我的货，我坐在了倒数第二排的位子上，售票员在后排卖票时，我就掏出了钱攥在手里。售票员看上去三十来岁，相貌平平，是个麻子，说话较慢。售票员让我身边的乘客买票，这位乘客掏出一张百元大钞说买三个人的票，同时艰难地透过乘客缝隙指出两位分别坐在前面不同排位的旅客给售票员看，售票员好半天才找齐了这位乘客的钱，然后接过前排旅客递过来的钱，把票卖到前边去了。我以为卖完前面几个人的票，他会回头让我买票，所以仍然把钱攥在手里等他。可是，车开出近十公里了，他就停止卖票了，也没见他来问我买票，我真不知如何是好，估摸他可能把我给忘了，所以我又把钱揣进了兜里。”

这时侯国光接话题说道：“一看你就是捡便宜，售票员把你忘了，难道你还能忘了？真是的金老大把你美的。”

这时金成哲又说：“不卖就算了，干脆当一回混混，虽然车费才三十元，但已是我一个星期的青菜钱啊！如今市场疲软，卖出一个犁铧只能赚这三十元呀，可我又怕近四个小时的路程，他中途会突然记起来找我买票。如果他不找我，我就白搭一趟车。这么想着，我便表面自若地坐着，心里却忐忑不安，生怕保不住兜里的三十元钱。我背靠座椅假装迷糊过去，可售票员的举手投足都尽收眼底。”

“客车沿着一条被雨冲得坑坑洼洼的路跑着。我忍不住地回头望一望：隐在杨树丛里的拖拉机站的一排红砖平房，渐渐地落在后头了。

“窗外，一些不知名的花草和树木频频伸出热情的手抚摸车身；远方不时闪过翠绿的山坡和金黄的稻田，还有那浓荫掩映下的一处农家，我不禁惊诧于大自然的神奇与美丽，但我此时却无心欣赏。

“车到了兴隆镇停了，我身边的那位乘客和站着的几位乘客都下车去了，可又上来一位乘客，他四处瞅瞅，发现只有我身边有个空位，于是就坐了过来。我恨透了这位乘客，因为他刚坐定，售票员就跟了过来，害得我心都提到嗓子眼儿。大不了补张票呗，反正这钱注定不是我的。我豁出去了。

“我心情紧张到了极点，不敢正视售票员，悄然把脸转向窗外，由于只顾思索如何应付售票员，至于新上来的乘客坐到哪里，付了多少钱我一概不知。好一阵子，听不到动静了，我才返过身来，没想到售票员竟然到前面跟驾驶员聊天去了，我的心终于又放回肚里。

“沿途又上上下下了不少人，每一次刹车的尖叫声都令我毛骨悚然，售票员的每一次回头，每一句话音量的高低都令我胆战心惊，尤其他的满脸麻子，仿佛就是他的另一只眼睛，能把我看穿、看透。

“车子在路上不停地颠簸，我的心也随之上下起伏不定，我在车上真是度日如年，恨不得立马到站下车完事。我一路提心吊胆地挨着，别人有说有笑，而我大气也不敢出一声，生怕引起售票员的注意。”

赵继德又插话了：“提心吊胆，在车上度日如年的日子不好过呀。”我们几个随着金老大的叙说，共同为他的境地担心，期待他会有转变。

金老大继续说：“车到三分场了，我到站了。偏偏此时，我四处瞅不见装卸工，只好自己卸货。司机急着赶路，不断催我快些，从车上到车下，我来回跑了几趟已是满头大汗，这时下车去方便的售票员回来了，他一步一步地向我走来。顿时，我的血凝固了，我想他可能是看到我的货想起我来了，因为他不曾收过我的货款及车费，虽然跑这条线上的客车都知道很少有人空手坐他们的车，所以他们也很少去收客人的货款……”

“售票员过来了，他来到我的面前，谁知他却说：‘你上去吧，咱俩一起卸，你从窗口递给我，我在下面接。’我心里不由一热，眼泪差点掉下来。卸完货，我塞给他三十元钱，说：‘今天我忘了买票。’他一脸疑惑，我感到一身轻松……”

王志波接着说：“多亏这个麻脸售票员帮助你，你又找回了良心。”

大家畅所欲言，欢快地笑着……

迎面吹过一阵阵的凉风，吹乱了他稀疏的头发。他眼望着，半个灰色的云层里，渐渐晴朗了，发出一片狭长的淡红色，后来，半个天空都燃烧起来了。

风　车

春风四月，大地绿了，松花江开江了，沿江公园人多了起来，打太极拳、舞长剑、跳广场舞，人们一波接着一波，暖暖的春风吹过来，扑得人脸颊痒痒的。

横卧着一架古朴的木雕上面，有一个大的风车，在风的作用下快速地旋转着。

“风车！风车！每个一元！”那声音又脆又亮。寻声一看，在大的风车下面，站着一个胖胖的老者甲，脸上带着讨好的笑，额上泌出一层晶亮的油汗。他手里提着一串风车，风车的翅膀上，涂满醒目的大红大绿。

从他那得意的神态看，他的生意无疑是不错的。一波波到公园的人流中，带着孩子的人，往往都朝他而来，一张张一元纸币塞进了他的口袋。

当他的眼光落在另外一个卖风车的同行老者乙的时候，便从心底发出一种真诚的同情。

只见老者乙悠闲地靠着树干，在他面前放着一个写着“童叟无欺，佳市老产品”的木牌，他的脸上嵌着善良的小眼睛，下巴上蓄着几根干枯的胡子。

这个老者乙卖的风车各种各样，有大的、小的，精致、大方、别致，翅上还装了会转动的风笛。他没有刻意叫卖，只是沉默地等候着买主。

有人问一声："多少钱一个？"

老者乙答道："二元、三元、四元，价格不等。"

问的人摇摇头，嘴角淡淡一笑，那意思是：不值。

老者乙站了多半天，只卖了几个风车。

老者甲终于忍不住了。他觉得应该提醒一下这个执拗的同行，使用行家的口吻，向老者乙打起招呼来："伙计，别傻等了，一元一个，卖了回去，价太高，会把人都吓跑的。"

老者乙转过脸来，一双眼瞪得溜圆，下巴动了几下，想说什么，终于没说。他不喜欢老者甲的那些风车，那也叫风车？真正糟蹋了这个行当。那木头剖得粗细不匀，上面还带着毛刺。还有那颜色，哪像是佳木斯的木产品，他真想对买老者甲风车的人喊一声：别让他哄了，这不是咱这的风车。

老者乙低下头，望着自己这风车，那骨架是耐着性子做出来的，把它架在木头上面，高傲地飞转；孩子拿在手上，插上棍，随着孩子奔跑、旋转，风笛在风的作用下能唱出快乐的歌谣。他相信自己的手艺，也很看重自己的手艺，那是几代的家传啊！

老者乙感到满足，但也不无遗憾。

老者甲的风车很快卖完了。对这位不识相的同行，猛地产生了一个奇怪的念头，决定耐心地陪着等下去，瞧瞧老者乙怎样把卖不掉的风车拿回去。

老者乙的脸色在他的眼里，似乎变得难看，连动作都好像在微微颤动。

只见老者乙从口袋里拿出一个小锤，把大、中、小的风车分别钉在一根根木棍上，那些风车像懂事似地摆了摆，兜上一口风，憋着劲摇头晃尾地旋转起来，风笛呼啦啦地唱了起来，唱得撩人。

“好风车！”

“正经的好风车！”

“咱佳木斯的老风车又回来了！”

刹那间，人们都往这边涌来，喝彩声此起彼伏。

所有经过木雕的人，目光都凝聚在那飞转的风车上，从头看到尾，从骨架看到风笛，没有一处不顺眼，没有一处不爽心，正经的佳木斯风车，佳木斯风车又回来了！

“我买这一个！给四元！”

“我买这一个！给两元！”

人们边说边把手往风车上伸，生怕被别人抢去。

老者乙把手一挡，护着风车，板紧的脸上显得沉稳、庄重，但又叫人猜不透，他一句话也没说，只是做他应该做的一切，周围的人似乎都不存在，那些杂乱的声音似乎离他很遥远。

老者甲挤到他身边，焦急地对着他的耳朵咕哝着：“快把货甩出去，别误了这好机会。”

老者乙依旧没有理睬老者甲，那是一种高傲的不屑。

老者乙顺着风，把风车统统钉起来。刹那间，风车排成队似地旋转起来，“哗”响起一片风笛的韵律。

人们又一次欢呼起来，像潮汛一般。

“给我一个！”

“我买了！”

……

风车欢快地旋转着，像风笛一样合奏着欢乐的叫声……

从此，沿江公园又多了一个欢乐的伙伴，伴着人们一块快乐地生活着。

享受田园生活

我家住在佳木斯佳南农垦社区，农垦科学院紧邻达贤路上一座白色的小二楼，这也是我过去经营的处所，它是砖混结构独门独院的“别墅”。院外有砖墙与铁大门围着，在楼的后面和侧面是我的园田地，随着岁数的增长，这块园田地给我带来了无限的欢乐和喜悦。院墙的前面是两块花池，分别种着马莲花、蔷薇、枸杞树和一种无名花，侧面种着三棵樱桃树、三棵沙果树、五棵山葡萄树。每年春天三四月份，粉红的樱桃花开罢，不久就开出绿叶衬托着艳丽的沙果花、山葡萄花、枸杞、蔷薇、马莲和无名花……草花虽都是木本，但长得繁茂泼辣，五颜六色。草花里边长得最繁茂、最泼辣的是马莲花，密密丛丛地长满了花坛两侧。这种花开得非常稠密，有绛紫色的、银白色的，一层一层的，散发着浓郁的异香，也开得时间长，能装点整个秋天。

菜园就在楼侧面和后面的两块空地上，果树点缀在侧门的两边，山葡萄长在围墙边上，草花则在楼前的花坛内。两侧的菜地地形长方，面积均五六分地，土壤肥沃，阳光充足，是最适合种菜的。谈起种菜，那还是在我家生产壮秧剂、生物肥时期。在生产淡季也没什么事情可做，我及妹妹、妹夫、三江食品公司的彭文明还有开车的老王在楼的后面、侧面开垦起来，收的蔬菜归大家所有，自己也有一份比较丰富的享用。那些年，大家都在忙着生产经营，空隙里种种蔬菜，调节自己的生活。

我们种的那块菜地在菜园里条件比较好的。土肥地整，以前也有人种过，只不过我们盖起厂房后，原来的人都走了。首先我们选择了一块地种韭菜。韭菜可以用老根栽种，种起来也比较容易，这是我妹妹找他们的邻居要的韭菜根，不过不足的部分我又买了一些种子种上。这样就可以了，不用费太多的劳力，只要施施肥、培培土、浇浇水，每年开春以后就能发出鲜绿肥嫩的韭芽，而这一茬韭菜营养最丰富。菜地靠近我们的锅炉房，我妹夫郭健在锅炉房引出来一根水管，管子一直通到地里，水像清泉一样涔涔地流到菜地里，直到把各垅蔬菜浇完。

“庄稼一枝花，全靠粪当家”。为了积肥种好地，我们想了许多办法，用农家村的小马车拉来猪粪，把过期不用的壮秧剂作底肥来施用，只要动手，肥就到手了。我们请种地有经验的人传授经验，五九七农场一位大姐过去是农场蔬菜队的，退休以后来到佳木斯帮助女儿带孩子，空闲种种地。没事时，我们就请她给我们传授经验。那时她六十多岁，精神矍铄，声音响亮，讲话又亲切又质朴，那老当益壮的风度，到现在我还留下深刻的印象。肉联厂退休的老侯也爱种菜，他是哈尔滨市下乡青年，他的爱人是航务局的，过去和我们家是邻居，有时种菜时和他唠唠，相处得很好。

种菜是个细致活，讲究布局，种菜如绣花，干起来也很累人。不但要考虑这茬地如何种，而且还得考虑下茬地如何种，否则就不是一个好菜农。就劳动量说，“一亩园十亩田”。但是种菜是极有乐趣的事情，种菜的乐趣不只在吃菜的时候，像王维《渭川田家》里所说的：“田夫荷锄至，相见语依依。即此羡闲逸，怅然吟式微。”或者像苏东坡在《后杞菊赋》里所描述的：“春食苗，夏食叶，秋食花实而冬食根，庶几乎西河南之寿。”

种菜的整个过程，随时都有乐趣。“清明前后，种瓜种豆”，整地、松土、背垄、播种，是花费劳动量最多的时候吧，那时蔬菜还看不到影子，可是“种瓜得瓜，种豆得豆”，就算种的只是希望，那希望也给人很大的鼓舞。我的同学王志波种地，一上场，他就提出一项重要改革：把撒播改为条播和穴播，结果省下不少种子。

地里的菜苗种得非常整齐，他把种子撒得那么匀，捻得那么细，土覆得既平整又一致，受到大家的称赞。

我总是回想小的时候，在 850 农场分园田地的时候，我们家会倾家出动，挖地、背垄、播种。因为人勤地不懒，出一分劳力，就一定能有一分收成。不出十天八天，那平整湿润的菜地就会生长出又绿又嫩又茁壮的瓜菜新芽。那些新芽，条播的行列整齐、撒播的万头攒动、点播的傲然不群，带着笑，发着光，充满了无限生机。一棵新芽简直就是一颗闪亮的珍珠。每到这时，到地里看一看，简直是风光无限。

春季中午，踩着田垄间苗或者锄草中耕，煦暖的阳光照得人浑身舒畅。新鲜的泥土气息，素淡的蔬菜清香，一阵阵沁人心脾。一会儿站起来，伸伸腰，用手背擦擦额头的汗，看看苗间的稀稠，中耕的深浅，草锄得是不是干净，那时候人是会感到劳动的愉快的。

几个好朋友退休之后到我这来玩，每次我领他们看我的菜园都是一大乐事。在沈阳退休的党玉林厂长每次到这里住的时候，都要到菜园看看并不住地点头称赞。

在山东济南的同学姜克毅每次住在这里，第一项任务就是下地除草，一直干得汗流浃背。菜地锄完了，姜克毅和金成哲、王致波坐在地头边，谈谈话，一顿神吹。在谈话间，听听菜园里昆虫的鸣声，豆角、黄瓜在散发的香气，一切都使人感到一种真正的田园乐趣。这时门前的白杨树早已是绿荫如盖，坐在树荫下纳凉，与邻居们聊天，谈古论今，打发如水的时光。

虽然，按照时令季节，各种蔬菜种得有早有晚，有时收了这种菜，才能种那种菜，一年里春夏秋三季，菜园里总是有几种蔬菜在竞肥争绿的。

秋天的脚步总是悄然走进这里，“未觉池塘春草梦，阶前梧叶已秋声”。

秋风吹过，某一天触动了你，毛孔上会有丝丝凉意。这时，院墙上的紫色的、白色的牵牛花，像喇叭般吹响秋日之歌。辣椒红了，摘下来用线穿成串，挂在窗前；苦瓜切成薄片，用糖醋拌菜。还得说说那几丛枸杞，它们长得极为繁茂，开紫色小花，结红红的小果，来往路过的人见了都想摘。月到中秋，是采葡萄的时候了，站在梯子上收获自己的劳动成果，心里充满了喜悦。想到在北京的儿子、儿媳，若能在此时团聚身边，共赏秋月，那该有多好啊！

“人生一世，草木一秋”，在小楼生活，对这里的一草一木都有很深的感情。一年一年，日子越过越有滋味。感叹这蔬菜之美、时令之美、劳动之美，更是生命之美、生活之美，我深深地迷恋、沉醉。

晚 市

夏天天长了。

傍晚，肉联厂 27 号楼前的马路上摆满了小摊，卖菜的、卖水果的、卖鱼的、卖大饼的，熙熙攘攘热闹起来。没什么事，我和王志波也喜欢走走看看，趁着傍晚凉快……八十多岁的老王把七八根铁皮烟囱和一堆弯头，整整齐齐挨着修自行车的，在友谊农场退休老杨头的摊摆好了。

“老王，又摆上了？”老杨正歇了手里的活，拿着一个旱黄瓜，在那擦着，正要啃呢。“摆上了，摆上了，赶着下班的点儿把这点东西卖完就完了。”

一个年轻人蹲下来翻弄烟囱，拿尺子量口径，老王说：“不用量，粗的四寸，细的三寸五，可丁可卯，你买回去试吧，我跟你说没问题，这就叫标准，什么都得讲个标准！”

老杨插嘴说道：“小伙子这烟囱还挑什么呀，老王肉联厂机修、制罐的钣金工，干黑白铁这手段远近闻名，老王的手艺响当当，买吧，不吃亏。”小伙子掏钱抱走了几根烟囱，老王开了张，有了些兴致。“甭管什么行业都一样，都得有个标准，我打个弯头是小事，过去我们在肉联厂做的那个消音设备，要求很高，你差一点儿也不行，三通、四通都得能做，那真是手艺。现在的制罐车间都上专业化了，什么都改塑料的了，塑料做着快呀，用模子一压一个，可它不如这黑白铁，不耐火，现在市场上花花绿绿的包装，哪顶得上咱们的黑白铁呀？”

天又暗了些，一个熟悉的身影出现在眼帘，是金成哲，只见他肩上扛着一节烟囱，一瘸一拐地走来，他看见了我和王志波，老远地打起了招呼，“永星、志波你们两个在这干什么呢？”

“没事，溜达玩呢，卖卖呆。”我应声的回答道。

金成哲是我们的同学、发小，过去在机修厂当过推销员，能说会道，他的小名叫金老大。和我们打过招呼后，直接和老王头唠了起来。

“老王，您这烟囱真好，厚！我捏了捏，捏不动，嘿，用几年没问题，真好！可就是回去对不上口，一戳，噗，过了！可能您这个做细了点，您给退了吧，我去前边再看看。”

老王一下就火了：“你说退我就退给你？别看过去我们是一个单位的，我一分钱也不退给你！你说我做细了就细了？你把你家烟囱拿来我对上试试，你不拿来我就信你？你当我是三岁的孩子，你破坏我名誉不行！我八十多岁了，这个岁数办事牢靠，我这个烟囱是标准的，现在都是拿楼房拆下来的下水道当烟囱，那不行！你那个不是标准！”

周围围过来几个闲人，下班路过的人也有把自行车停下来支着腿看热闹的。

见围的人多了，志波答话道：“金老大，别为了一个烟囱伤了和气，你看，这么多人围着看，多不值得，算了吧！”

来退烟囱的金老大见老王气得胡子直撅，看看志波我们俩，连忙说：“行了行了，老王，这么大岁数了，您怎么还这么大火气，不就十来块钱吗？能退就退，不能退就算了，犯不上为这生气。”

“不是钱不钱的事，你破坏我名誉不行！我干了一辈子黑白铁，我八十多岁了，你有我岁数大吗？”

金成哲看人越围越多，怕把老王气出个好歹，自己脱不了干系，便嘟嘟囔囔一拐一拐地扛着烟囱走了。老王火气难消，冲着金成哲背影嚷了半天，他见围着的人没散，继续说：“我八十多岁了，有退休金，我早不干这个了。这两年平房都扒了，没人烧炉子，烟囱也不好卖了。我这儿说搬也就搬了，手头有点料，不想卖了烂铁，这点儿卖完就完了，我早不干了。”人渐渐散了。

老杨劝着老王：“听说咱们这儿扒了之后修外环了，直通科技大路，往西直通四丰山、佳西。”

“通哪儿我怕也看不着了，我八十多岁了，能活多长，他爱通哪就通哪吧。”

“能活，您少发点脾气，搬了家吃点好的，享享清福，也别做黑白铁了。”

“不做了，不做了，以后没有炉子了，也没用烟囱的了，看着大黑烟囱咕噜咕噜冒黑烟的时代过去了。”

天就要黑了，老王准备收拾回家，他看了看剩下的几节烟囱，问老杨：“你们家今年不装了？”老杨摇头：“家里还剩两节，凑合着用吧，不敢买新的了，说不准哪天就搬了。”

楼前市场上的人们陆续开始收摊了，我和志波会心地笑着，这一路看着光景，品着人生……

赵老贵

灵车远远地驶去了。

科学院参加告别仪式的人们，目送着远去的灵车，默默地望着，直到那个白色的小车在视线中消失，才缓缓转过身来，走回各自的单位或家庭。

赵老贵无儿无女，是科学院行政服务中心的保洁员，是有名的“管的宽”，科学院的主要街道和家属区内的道路以及居民区内的垃圾处理都归他管。“别拿赵老贵不当领导。”在科学院成了大家的顺口溜。

“老李，你家的二小子，怎么倒的垃圾，不会分类是咋的，要是再这样倒，我就找你们家去。”

“小赵，你怎么把纸随便丢呢！”

“这是谁的车，把车开到停车场去！”

走在科学院的路上，时常听到赵老贵的唠叨声。

在科学院总有几个人和赵老贵作对，每当下班、放学，当人潮朝着家的方向行走的时候，总会传来一些议论声，“赵老贵不就是一个打扫卫生的人嘛，至于这么较真吗？”

“管得太宽，哪天别把我惹火了，让他不痛快……”

一次，作物所机耕队在试验田作业，完工之后，驾驶员李老二开着铁牛 55 带着两个伙伴，把车开上了科学院的水泥路面，行驶二三公里，带起的泥压在科学院的水泥路上，弄得脏兮兮的。这是办公事，赵老贵见了也不能怎样。

结果，赵老贵和清扫人员清扫了好几个小时，才把路面打扫干净。

谁知过了一会儿，不知是谁又把一些废纸丢到了路上，赵老贵和清扫人员赶快清扫，发现一堆纸张竟然都是来自试验田中的标签纸，这自然惹怒了赵老贵："试验地里的标签，和这路有关系吗？"

赵老贵走到哪里，骂到哪里！还觉得不解气，拿着这些"标签纸"找到了作物所所长。所长赶紧查找当事人，才得知就是机耕队的几个坏小子干的。

"他们机耕作业后，又跑到科学院的主路上去，看我们把路面清理了，他们又拿试验田的废纸，撒了一路，想干什么？"

作物所所长赶快赔礼道歉，并让机耕队的三个小青年，到清洁队工作两天才算完事。

作物所机耕队的铁牛 55 驾驶员是老李家的二小子，名叫春义，大家也叫他李老二，他是他们三个中的主心骨。

通过这件事，李老二和赵老贵之间的矛盾更深了。

科学院水稻所的员工大多数住在院外，每天下午五点多钟，他们都要乘车返回住处。

一次，车来得晚了些，他们中间的一些人就聚在一块嗑瓜子，瓜子皮散落一地。赵老贵正好撞了个正着，把他们一顿数落：“科学院水稻所的人就是这素质，丢人不？”

瞬间让水稻所这些人下不来了台。科学院认识他的人解释道：“赵老贵就这样，不管你能不能下台，照说不误。”

科学院的王处长说：“在环境卫生、车辆停放，你们必须注意，时刻防范赵老贵的那张要命的嘴，我们多个处和所，都有反馈，但是做好自身是非常有必要的。”

“这个赵老贵呀，一天到晚骂骂咧咧，真是把自己当领导了吗？”

前天早上，赵老贵突然心脏病发作去世，科学院静了下来，人们纷纷议论这事。

好像刚才讨厌的赵老贵还在那里“烦人”，转眼间人不在了。

现在，突然间，一切都结束了。

在告别会上，各个处、所都来了，作物所机耕队的李老二等三人也都来了，水稻所一些有意见的人也都来了，家属区的老头、老太太都来了。

科学院 14 号楼的老陈头说：“赵老贵把垃圾回收当作自己的事来做，把道路和车辆都作为自己的工作来管理。谁倒垃圾不到位、谁在道路上丢垃圾、谁的车乱放，他都管理，他实际上是个工作认真负责的好人。”

科学院很多人都说：“他走了，但他为了工作不知疲倦的精神值得称赞。”

大家思考着今后，关于垃圾桶的分类、道路的卫生、车辆的停放，再也听不见那赵老贵的唠叨了。作物所机耕队的李老二等人，听到大家这样说，不由脸红了起来。

人们忽然感到一阵悲凉，眼泪簌簌地落了下来。

他们多么希望再听到赵老贵的声音，哪怕是骂人的话。此刻，那骂声忽然变得又亲切，又温暖……

春天来了

春是一把开启时光之门的钥匙，门启处，很多的风景便扑面而来，很多的情感在波澜起伏。春是一根魔力无边的指挥棒，棒尖轻轻一挑，万千生物的血液便都暴涨起来了，该奔流的奔流，该跳跃的跳跃，该招摇的招摇。

是呀，春天来了，你看江面开了，春天真的到来了……开江有文开，有武开。文开，就是比较消停，没有非常大的风，也没有大块大块的冰排，没有呼啸奔腾的冰排撞击声，静静地流淌着小块的零星冰块；武开。则相反，风大寒冷，呼啸奔流的冰排撞击声在很远的地方就能听到，且冰排犯堵，有时插得像座小山似的，随着水流的冲击，然后哗啦一下散落下去。

开江也是一道风景。每年开江我必到江边走两趟，看着大江东去，呼吸着新鲜空气，感受季节交替和大自然的神奇，心情豁然开朗。春天的到来，也许它的表现形式更加五彩缤纷，丰富多彩，生机盎然，一切事物都有它的规律，我们就生活在它们的规律之中。然而，这是我们东北的春天代表，它表现了不达目的决不回头的气势。

这里说的是我们垦区依兰收获机械厂，20 世纪 90 年代，一群工程技术人员为了生存，落户山东烟台、辽宁兴城、浙江宁波、福建厦门等。他们把这里当作自己的第二故乡，除了自己工厂的产品干得有声有色，国内铡草机的十大品牌盛泰龙品牌铡草机、磅礴 4056 型贝壳分选机、粉沫治金产品、质量流量计、水稻收割机等之外，还把肥城桃花，作为春色的美景宣扬天下。你看：“肥城被誉为人间仙境，世上桃源，十万亩桃花园被列入世界吉尼斯纪录，有世界最大桃园的美称。清明小长假前后，十万亩桃花竞相盛开，漫山遍野花海迷人，美色无边蔚为壮观，是游客春季踏青赏花，祈福好运的绝佳去处。”

“今天是个好日子，雨过天晴，空气清新。阳春三月桃红柳绿，眼下肥城桃花正当时，花朵刚刚进入盛花期，正是观赏桃花的最佳季节。故意避开清明小长假人满车多，景区拥挤的状况，今天驱车载着老妈和老爸，前去城外桃园景区。”这是原依兰收获机厂袁清江在《陪着老爸老妈赏桃花》中记叙和描述的。

好半天，我的目光没有从车窗外收回。蔚蓝的天空下，那桃花三月的季节，孝顺的儿子陪着两位老人漫步在桃花如海的春光下……

是呀，我们垦区依兰收获机械厂的人员，将走过寒冬，迎来一个收获的春天！

黑龙江人到三亚

一来到三亚，随处可见高高的椰子树，浓郁的热带风情扑面而来，甚至有几分东南亚的味道，高大的南方树种耸立在小区的道路两旁。坐在家里不管从任何角度望去，都能看见郁郁葱葱的热带风景。作为国际旅游城市的三亚，如今给人的印象是外地人已经是三亚的主力，土生土长的三亚人反而不容易见到。东三省尤其是黑龙江省，冬天气温通常零下二三十度。天气太冷，老人容易关节疼痛、风湿病和呼吸系统疾病。在发现三亚这座“没有冬天的城市”适宜养老后，选择南下的东北老人越来越多。

不少身体有疾患的中老年人，只要经济条件允许，有一些会选择在三亚生活，老人们背井离乡花钱来三亚过冬最大的好处就是“身体比以前好多了”。

我们夫妻来三亚已有两年，第一年是随着我姐姐家去红沙住的。这个社区叫渔歌海韵，社区虽然不大，但和半岛蓝湾的社区挨着，小区内有泳池，每天中午和晚上可以游泳。晚上半岛蓝湾社区和我们社区进行娱乐活动，有唱歌、跳舞、快走等。

初到海南有一种特别的感受，从小时候我就对海南有一种神秘的向往，到了六十岁来海南了感觉真是不同，一下飞机就赶紧脱掉从东北穿的冬装，这里到处都是椰子树、木瓜树、槟榔树、芒果树。炎热的天气、五彩缤纷的世界，一种从未有过的巨大惊喜让人激动不已。

在红沙码头有很多的渔排，我们选中了一家吹着海风，吃着海鲜……红沙码头的对面是安游，从红沙坐船过去很快就到了对面，再往西南走就是大东海，这里是游泳区，前面是鹿回头公园，再往西南走那可是第一码头水产市场了。

在三亚我们游览了海月广场（三亚湾）、大东海、鹿回头公园、天涯海角、亚龙湾、南山寺、海棠湾等景点。

今年我们又一次来到了三亚，过上了“候鸟”人的生活。从 10 月份开始，在黑龙江省佳木斯、哈尔滨等城市，人们就会像候鸟一样往南飞，这群人都在六十岁左右，为了躲避严寒离开了家乡。少数人乘小车出门，我的同学王致波今年去三亚开的是房车，走一路、看一路，在福建、广西，他们一路游玩，最后在广西北海到达海口、三亚。还有的是乘火车饱览一路大好河山，一大半是乘飞机到三亚的。三亚机场到了 10 月，航班次数很多。北方人下飞机基本上都能看出来，大包小包、三五成群，一看就知道从东北来的。

这次我们来三亚是住在榆红村，这个社区名叫棕榈滩，离红沙中学站点共有四站，是归属吉阳区管理的，住在这离鸿港市场很近（鸿港市场是三亚市最大的批发市场之一），我们平时购买海鲜、蔬菜基本上都在这里。

一天，我和爱人及我的姐姐、外甥女吴小瑛推着外孙女满满，沿着小区边走边观看。小区的东边有一条发源于五指山的大茅河，河水向南缓缓流淌，一直流向海洋。因为通海，所以大茅河也有潮起潮落。每天上午，河水随着海潮退去，河床露出大片的湿地。大茅河非常美，河水蜿蜒，静无波澜，两岸的红树枝繁叶茂、郁郁葱葱，在此安家的白鹭时而展翅翱翔于天空，时而漫步觅食于滩涂，时而栖息于树梢，时而隐秘于红树林。我们沿着河边散步，用心去感受大自然的赐予，真有心旷神怡的感觉。望着这般景色，我姐姐对我说：“过了前面的桥就是榆亚盐场下属单位驷轩分场了。”

在这里你会发现，不管走到哪里，总能冒出东北人的身影。我到榆亚村走一走，准备顺道买点馒头，一打听，没想到这里的保安是长春来的。他告诉我，这个岗一个小时一换，他们四个人中一个是鹤岗的、一个是双鸭山的、一个是哈尔滨的。到村里，我遇到一个派发卖房广告传单的，他是伊春南叉区的，同时还派发去琼海旅游的广告单。

到了卖馒头的店铺，店主是哈尔滨的，过去在别的地方做馒头、卖馒头，去年搬到了这里。我买了馒头顺便买些菜，一个不大的摊床有两个人在卖菜，一个是四川的女老板、一个是大兴安岭塔河的男老板。男老板说到这里卖菜已有十五年了，今年他的孩子放了假就过来。出一趟门，买了几个馒头，遇到的大部分是北方人。

我的同学王致波住在三亚丹川村，他打电话让我过去，并告诉我，他早上已到海鲜市场买了两种鱼、还有螃蟹等。

去丹川村，从我们居住的榆红村还没有到那边的公交车，我需要走到吉阳区政府那边坐车，步行十五分钟，到了地方，我登上了27线公交，车行驶了四十多分钟，我在丹川花园下车，就我看到同学王致波在对面等我。

王致波住的小区，过去是个渔村，现在正赶上拆迁，整个村子拆得乱七八糟，村子里居民的住房大都在五层楼以上，房子挨着房子，显得很拥挤。到了他的住宅，他住在四楼。这个房间是一个两居室带客厅，一个共用的厨房、一个卫生间。他们租的这个房子共住了三户，王致波住客厅，费用是两百元；另一个是佳木斯市的带家属，住了一间卧室，花费三百元，还有一个海南保亭人住了一间卧室，费用是三百元。

我和王致波下厨做了两个鱼，王致波还蒸了螃蟹，吃饭的时候叫来佳木斯铁路的一个“候鸟”朋友，我们三个人喝着酒、吃着饭，共同享受着退休生活带来的快乐。

快下午两点钟，我要回去了，而王致波要到海月广场把的海里游泳，于是我们在海月广场挥手告别。

住在棕榈滩那段时间，我爱人接到了一个电话，在佳木斯农垦学校的同事郝风军和邱丽两口子来三亚了，他们住在港门村，邀请我们去玩。我们选择了一个时间，坐着公交车前往。那里条件和王致波的住房情况差不多，房挨着房，他们住在二楼，房子是两居室，他们两家各住一间。另外一户是北京来的，年轻时曾在依兰农场下乡，相互都认识。中午，邱丽和北京的那位朋友做饭，我们共同就餐。

在三亚和我们一样的老人，除了享受时光就是游玩，在楼下有游泳池、篮球场地、乒乓球台、儿童的滑梯。大家一有机会就到外面游玩，而且有一些是免费的游玩活动，比如我们去了琼海市游玩，没有花钱，还提供一顿免费午餐。

我们去琼海旅游，早上七点在榆红村站点等车，接我们的客车准时到达。乘车路线是前往琼海—珠宝店—兴隆咖啡园—兴隆热带植物种植园。我们的第一站是博鳌亚洲论坛成立会址。接着我们坐车来到三江口，乘船来到了三江聚集处，拍了照片留下了我们的身影。

初次来到这里，我们被那美丽的、神奇的、多彩的景色深深迷住了，蔚蓝色的天空、金黄的沙滩和碧蓝的海水显得格外美丽。一缕阳光徐徐照在海面上，漫步在沙滩上，迎面吹来阵阵海风，那种感觉真是心旷神怡呀！

我们随后来到了珠宝店参观，里面珠宝琳琅满目，可是珠宝再好，对我们这些人没有太大的吸引力。接下来就是午饭，饭后我们到了万宁兴隆咖啡文化博览园参观，门口写着“中国咖啡、海南的咖啡、兴隆的咖啡”。接着我们又参观了兴隆热带植物园，观看了植物的品种，了解不同植物的药性知识等。晚上，客车又把我们送回了榆红村。

三亚的棕榈滩景色宜人，高大的椰子树楚楚动人，芭蕉树伸展它那长长的叶子，好像在招唤行人，槟榔树及一些不知名的树种，把鲜艳的花朵合抱一起述说自然的美。我们在这里和姐姐、姐夫、吴小瑛一起带着小满满尽情地游玩着。

在三亚荔枝沟，有他们的同学住在这里，今年又来了三家热，另外有四家之前结伴去了云南，正巧这天回来了，这么多人聚在一起，如何相见？他们商量是去槟榔河温泉泡澡，并约我们共同前往，我们欣然答应。

相约的那天早上七点多钟，我们乘坐去槟榔河温泉的客车，在客车上我们与四位同学与家属见面，下了车，我们一同在槟榔河温泉泡澡相聚。她们四个女同学分别来自不同的地方，有哈尔滨、沈阳、佳木斯、依兰。以这种方式相见真是很有意思，温泉的种类有多种，有海景浴、鱼疗浴、玫瑰花浴等等。让我们感到最舒服、最新奇的温泉当数鱼疗浴了。

鱼疗浴，顾名思义，就是用鱼来养生。我们下了水，把身体置于水下，耐心地等待着。不多一会儿，身体忽然一阵瘙痒。耐心地去感受，你会一下子感到竟有这么舒服！泡在这温泉里看着那蔚蓝的天空，享受鱼儿带给我们的服务，真是悠哉！而我们四个男同志比较喜爱海景浴，温度适宜，既可享受又可游泳，这一次美妙会友，快乐的旅行，让我流连忘返。

第二天，我们按约定去了荔枝沟任玉荣家。她家也是租的房子，房子不错，是一户还没有竣工的别墅，房子三层，第一层是房主住，第二层是任玉荣家和沈阳来的同学一家，第三层闲着放些杂物。另两家是自己租的房子，也一同到了她家。午饭是我们几家共同准备的，大家在一块很开心，饭后我们回到了自己的家。

第三天，我们按约定前往槟榔谷。槟榔谷是五 A 级旅游景区，是一个集观光游览、文化展示、民俗体验为一体的旅游风景区，公园环境优美，有各种热带植物。制作黎锦的老人居住山上，竹屋结构，山上有索道滑翔，每天都有大型舞蹈表演。这里有着百岁老人，纹面的历史展现在我们的眼前，还在织着黎锦，不禁让人感叹这一艺术。老人都是凭借自身对美的认识，将生活中的美直接织进了黎锦中，不需要画图，只需要在自己的脑海设计，实在太高超了。园内还有很多热带植物，有海南常见的木瓜树、槟榔树、椰子树、榕树、见血封喉树等。再往寨子上走就开始推销他们的药品和银饰了。

总之，景区坐落在万余棵亭亭玉立、婀娜多姿的槟榔林海，并置身于古木参天、藤蔓交织的热带雨林中。

我们一家和姐姐一家共同生活在棕榈滩，美丽的三亚，浪漫的海水、阳光、沙滩是我们共同的回忆。

佳木斯是座美丽的城市

佳木斯美丽的城市
东北的边陲——甲母克寺噶珊，
她美得可爱，
处处鸟语花香。
城内有山有水，
严谨的田字格布局，
画满了这座城池。
防洪纪念塔，
成为人民团结一致，
众志成城自豪的地标。
东方的黑瞎子岛，
成为最早迎接太阳的地方。
东北的小延安，
合江省——开创了解放战争的序章，
组织农民土改翻身打土匪，
支援前线。
延安来的著名音乐家，
在佳木斯发电厂，

创作出《咱们工人有力量》。
不知道什么原因，
佳木斯成为英雄城，
刘英俊、邵云环、张丽丽，
人人举起大拇指。

大众创业、万众创新的今天，
佳木斯为各地物流争第一。
佳木斯人杰地灵，
虽说造纸、制糖、纺织、轻工已成历史，
但收获机、电机、煤矿机械仍美名扬，
还有她——人人称赞的北大仓。

百年的城市，
没有瘟疫，
没有地震，
没有浩劫，
剩下只是她的美。

北有松花江，
南有四丰山，

东有大粮仓，

西有傲其湾，

这还不够吗。

当你漫步在江堤的时候，

拍岸的江水，

会告诉你，

城市的变迁。

悄悄地细说她的由来，

当你走到水源山的时候，

仿佛听到了，

久远的叫卖声。

公园虎豹狮吼声，

一切显得都是那么原生态。

大年初一的清晨，

佛光寺的老和尚举起双手敲起了祈福的钟声。

一切都是那么正常，

早餐吃点息家筋饼豆腐脑，

午餐咱尝尝当地特色风味，

老油饼酸菜汤让你流连忘返，

咱还是这样吃喝模样。

松花江水、大豆、水稻、玉米、高粱，
咱佳木斯的风味是那样的高尚。

佳木斯我真的喜欢你，
喜欢你仗义疏财，
喜欢你豪爽大度，
喜欢你大方美丽，
我愿陪你到老，

我愿静静地望着你！